二見文庫

ネトラレ妻 夫の前で

霧原一輝

目次

ネトラレ妻　夫の前で

第一章　最愛の妻に無理な要求

1

（ダメだ。どうしてもいまいち、ギンとしない）

倉石功太郎《くらいしこうたろう》は妻の上からおりて、大の字になった。

一糸まとわぬ姿で、隣でこちらを向いて横になっている翔子《しょうこ》は、人が羨むような美人で、性格も奥ゆかしい。まさに、妻の鑑のような女だった。

紹介すると誰もが、一瞬見とれ、それから、急にたどたどしくなる。翔子の匂い立つような官能美に圧倒され、ガキのようになってしまうのだ。

今も、こちらを見て横臥している翔子は、見とれてしまうほどに優雅で悩ましい。かるく波打つセミロングの髪が顔をなかば隠し、閉じられた目の睫毛はびっくりするほどに長い。

横を向いた真っ白な乳房はたわわに実り、乳輪も乳首も透きとおるようなピンクである。脇腹からいったんくびれたラインが腰に向かうにつれて急激にふくらみ、その豊かな尻からすらりと長い脚線が伸びている。

文句のつけようのない身体だった。

なのに、功太郎は完全勃起しない。

功太郎は現在四十八歳で、食品関係の商社で課長をしている。

翔子とは職場結婚だった。

四年前、当時、二十九歳で総務の花だった翔子を見初め、あらゆる手段を使って口説き落とした。

十六歳年上の課長の執拗なアプローチに、翔子は戸惑っていたが、最終的には彼女の父親が会社の倒産で作った借金を、功太郎が肩代わりするという条件で、結婚を承諾させた。

そのせいで、功太郎の貯蓄はゼロに近くなった。だが、それも翔子と一緒になれるなら安いものだった。

結婚後も翔子は功太郎に尽くしてくれた。

それは、たんに父の借金の返済という恩義を感じているというだけでは説明できないものだった。

『最初は、女は愛してもらえる人と一緒になるのがいちばんだと思っていたの。でも、一緒に暮らすようになって変わってきた。あなたをどんどん好きになった。今は功太郎さんが大好きよ。あなたのためだったら、何だってできるわ。そう思えることが幸せなの』

この前、翔子はそう言ってくれた。

惚れた相手が自分を好きになってくれる――。

それは理想でありながら、確率的にはかなり低いのではないだろうか？　それを、二人は達成しているのだ。

子供がなかなかできないことを除けば、幸せな夫婦生活だった。

だが半年前から、翔子を抱きながらも、虚しさのようなものを感じるようになった。心のなかを秋風が吹き抜けていくような、うら寂しい感覚――。

たとえば、翔子が上になって腰を振っているときに、やけに覚めた目で翔子の腰づかいを見ている自分に気づく。

なぜそうなるのか、自分でも理解できなかった。

最近、糖尿気味でいまいちあれがギンとならないし、たとえ挿入しても、中折れすることが多かった。

結婚して三年半が過ぎて、翔子に飽きてきたのだろうか？

以前には週に二度、きっちり翔子を抱いていた。

翔子は乳首が強い性感帯であり、クリトリスを吸うとそれだけで気を遣ることや、バックが好きで「苦しい、苦しい」と言いながらも激しく昇りつめてしまうこと――。

それがわかってしまい、その知り尽くしたと感じることが、セックスからわくわく感を奪ってしまっているような気がする。

だから、何か新しいことをしないと、この倦怠期を脱することはできないのではないか？

そう思って、この前はナース服や学生服などを着せて、つまりコスプレをやってみた。その瞬間は昂奮した。だが、二度目には冷めた。どうやら、コスプレは長続きしないようだった。

女性器の部分が開いたオープンクロッチパンティをつけさせてセックスした、

これも一時的には昂奮したが、長続きしなかった。

この数カ月はまともに挿入できていなかった。今夜はとくにひどく、翔子のけなげなフェラチオを受けても、分身は完全勃起には至らず、そうなると自然に、性欲も失せてしまい、営みを中断してしまった。

どうにかしないと、このままではセックスレスになってしまう。

そうなると、自分よりも翔子のことが心配だ。翔子はつきあいはじめた頃は、まだ性的に開発されていないようで、気を遣ることができなかった。しかし、結婚後はオクテの身体が目覚めてきたのか、随分と敏感になって、結婚して二年目には挿入されて、イクようになり、イッたあとはぐったりして動けなくなるほどに激しく気を遣るようになった。

このまま勃起不全がつづけば、せっかく開花した妻の肉体が、しぼんでしまうのではないか？　それ以上に、欲求不満になってしまうのではないか？

どうにかする必要があった。

子供が出来れば、それで紛れるのだろうが、調べてもらったところ、功太郎の精子が極端に少なく、妊娠の可能性は極めて低いという診断だった。

だから、何とかしたかった。気まずいまま、セックスレスになったら、夫婦関係はやがて冷えきってしまうだろう。何だかんだと言って、いいセックスが男と女を繋ぎとめているのだから。

ずっと頭にあった考えを打診してみようと思った。

「話があるんだけど……」

声をかけながら右腕を伸ばすと、翔子がごく自然に二の腕に頭を載せて、こちらを向きながらぎゅっと抱きついてきた。

「何ですか？」

翔子が顎の下に顔を置いた。

「……俺の部下の君塚《きみづか》のこと、どう思う？」

思い切って、訊いた。

「この前、終電に乗り遅れて、うちに泊めただろ？」

「はい、よく覚えています」

「どう思った？」

「どうって……イケメンだし、とても素直で好感が持てました。反面、こんなに純情で会社でやっていけるのかしらって……彼がどうしたんですか？」

翔子が胸板に手を置いて、静かになぞってくる。

「あいつ、まだ童貞らしいんだよ」

「えっ、二十三歳ですよね？」

「ああ……べろんべろんに酔っぱらっているときに、洩らしたことだから、ほんとうだと思うぞ」

「……それで？」

翔子が半身を起こして、きれいなアーモンド形の目を向けてきた。鳶色のきらきらした瞳が、不思議そうに見つめてくる。かるくウエーブした黒髪が垂れさがり、毛先があらわな乳房に触れていて、ドキッとする。

功太郎は断崖絶壁から飛びおりる覚悟である提案をした。

「一度、あいつに抱かれてみないか？」

「えっ……？」

翔子が眉をひそめた。言っていることが理解できないという顔をしている。

「いや、挿入はもちろんなしだ。いくら童貞でも、あいつのあれをお前のなかに入れさせるわけにはいかない。ただ、ちょっとからかってやるだけでいい。愛撫してやるくらいで……それだけでいいんだ。今度、うちに泊まらせるから、翔子のほうから夜這いをかけて、ちょっと遊んでやればいい」

翔子は押し黙っている。

怒っているのだろう、急に刺々しい表情になって、ベッドから出ようとする。

それを押し止めて言った。

「頼むよ。俺と翔子のためなんだ。お前があいつと遊んでやれは、きっと俺は勃つと思うから」

言っても、翔子は釈然としない顔をしている。

しょうがないので、そのからくりを説いた。

「この前、翔子に過去の男のことを訊いただろ？　あのとき、翔子は初めての男のことを教えてくれた。俺はそれを聞いただけで、昂奮して、ここが硬くなった。今でも、ほら……」

翔子の手をつかんで、股間に当てさせた。

それが力を漲らせはじめているのがわかって、翔子がハッとしたように功太郎を見た。

「どうしてか、わかるか？」

翔子が首を左右に振る。

「翔子が君塚のおチ×チンをしゃぶっているところを想像しているからだ。頼む、翔子。今度、君塚を家に泊めるから、あいつをかわいがってやってくれ。本番はしなくていい。いや、するな。だから、頼むよ」

「……あなたは、もうわたしを愛していないんですか？」

翔子が股間のものを握りながら、髪をかきあげて、じっと見つめてくる。

「そうじゃない、違うんだ！」

「功太郎さんの気持ちがわかりません。愛している女に他の男と寝させようとするなんて……」

翔子が悲しそうに顔を伏せた。

「……きみが俺を不審に思う気持ちはわかる。だけど、翔子が好きだからこそ、きみをとことん貫きたいんだ。翔子を前のように愛したいんだ。そのために、必要なことなんだ。きみにはつらいことだろう。だけど、それを我慢してくれれば、俺は絶対に勃起する。そうしたら、翔子を思う存分貫くことができる。わかってくれ……いや、わかってくれとは言わない。俺を信じて、我慢して実行してくれ。そうしたら、きみを幸せにできる。ほら、想像しただけで、硬くなってきているだろ？」

黒髪のまとわりつく頭を押すと、翔子は顔を下半身へとおろしていった。

今夜もダメだったから、ひさしぶりに勃起したものを感じて、気持ちが高まっているのだろう。

翔子は斜め横から這うようにして、股間のものを握り、ゆるやかにしごきながら、キスをする。

功太郎には、こちらを向いた尻が見えて、そのハート形に張りつめたヒップを撫でまわした。きめ細かい肌に包まれた尻は豊かに実っていて、柔らかな肉が弾みながら、指にしっとりと吸いついてくる。

(結婚する前よりも明らかに大きくなった。女は成熟すると、尻が充実してくるんだろうな)

撫でまわしていると、イチモツにつるっとした濡れた肉片がまとわりついてきた。翔子の舌だ。翔子の舌はいつも気持ちいい。

なめらかな舌が上へ上へと肉棹をすべって、それがいっそう硬くなると、翔子が上から頰張ってきた。

ゆったりと顔を打ち振りながら、もっと大きくなってとばかりに、根元を握って、しごいてくる。

顔が上下に揺れて、それと同じリズムで根元を握りしごかれると、分身がますますギンとしてくるのがわかった。この機会を逃したら、もう今夜はできないだろう。

「翔子、今だ。入れてくれ」

せかすと、翔子は身体の向きを変えて、またがってきた。

結婚前はスタイルはよかったが、スレンダー過ぎた。だが、今は適度に肉がついて、女らしい身体つきになった。とくに肌が抜けるように白くて、むちむちしている感じだから、男なら誰だってこの身体に発情するだろう。

もともと顔はやさしげだが、どこか男をそそるものがあった。

性格も素直で一途であり、これ以上の女がいるとは思えなかった。それにこの肉感的な身体が加わったのだから、これ以上は望めない。

翔子はうつむいて、いきりたちを太腿の奥に擦りつけて馴染ませた。それから、慎重に腰を落としてきた。

かろうじて勃起を保っているものが、窮屈な入口を押し広げていく確かな感触があって、

「ぁああうぅ……！」

翔子は肉棹から手を離して、かるくのけぞった。

よほど餓えていたのだろう、一刻も待てないといった様子で腰を前後に振りはじめた。

すらりとした足をM字に開いて、長方形に揃えられた濃い翳りの底に肉棹を受け入れて、かるく腰を前後に揺すっては、

「ぁああ、あああ……いいのよ、いいの……」

顔をのけぞらせる。

「翔子、さっきの件、やってくれるか？　今だって、あいつときみがするところを想像しているから、元気になっている。頼む、俺のためだと思ってやってくれないか？」

功太郎はここぞとばかりに哀願する。

翔子はちょっと考えてから、言った。

「わかりました。でも、今回だけですよ。それに、我慢できなくなったら逃げだしてきます。それでも、いいのなら……」

「ありがとう。それで充分だ。翔子、ありがとう。ありがとうな……感謝の気持ちだ」

功太郎は下から突きあげてやる。

足を踏ん張り、腰のバネを効かせて撥ねあげると、翔子は身体を弾ませて、

「あんっ……あんっ……あんっ……ぁああ、あなた、気持ちいいの……わたし、功太郎さんがいなかったら、生きていけない」

うれしいことを言う。

功太郎にはこれがお世辞でも、誇張でもないことがわかっている。翔子はとても一途で、これと決めたら脇目も振らずに邁進するタイプだ。

そんな性格だから、たとえ愛する夫のためだとはいえ、他の男と同衾《どうきん》することはとてもつらいだろう。しかし、そういう性格の妻だからこそ、いいのだ。

これがたんなる浮気性の女では、まったく昂奮しない。それどころか、不安になって白けてしまうはずだ。

(俺の妻がいかにいい女であるかを見てくれ。知ってくれ。どうだ、いい女だろう。こんないい女が俺の妻なんだぞ)

そう愛妻を、他の男に自慢したい気持ちもあった。

ぐいぐい撥ねあげてやると、翔子は乳房をぶらん、ぶらんと縦揺れさせて、

「あんっ、あんっ……あんん!」

愛らしくも悩ましい喘ぎ声を洩らして、顔を大きくのけぞらせる。

功太郎がいったん休むと、翔子はまた自分から腰をつかいはじめた。

両手を胸板に突いて、腰を浮かし、尻を上下に振って叩きつけてくる。つきあいはじめた頃はこんなことはできなかった。ただ下になって、受け止めるだけだった。

波打つ髪が顔の両側に垂れ落ちて、そこから見える表情が悩ましかった。八の字に眉を折り、苦痛とも快楽ともつかぬ顔をして、激しく尻を叩きつけてくる。

幸いに功太郎のイチモツはまだ硬さを保っている。中折れしないうちに、妻の体内に放ちたい。

「こっちに……」

言うと、翔子が抱きついてきた。

折り重なってきた翔子の背中と腰を抱き寄せると、妻はキスをせがんできた。

唇を重ねて、貪るように舌をからめてくる。

柔らかな髪が顔をくすぐってくる。妻の結合できた悦びをぶつけるような情熱的なキスを受け止めながら、下から突きあげてやる。

肉棹が斜め上方に向かって、膣を擦りあげていき、

「んんっ……んんっ……んんんんん……」

翔子はキスをしながらくぐもった声を洩らした。それから、

「ぁああ、すごい、功太郎さん、すごい……気持ちいい。気持ちいい……ぁああ、恥ずかしい。もう、もう、イキそう……」

唇を離して言い、功太郎の肩につかまりながら、かるくのけぞった。

「いいんだぞ、イッて……いいんだぞ」

功太郎は最後の力を振り絞って、力の限りに撥ねあげた。まだ射精の予兆はやってこない。

(自分は放たなくてもいい。翔子さえ昇りつめてくれれば……)

つづけざまに突きあげたとき、

「イク……くっ……!」

翔子が一瞬背中を反らせ、二度、三度と躍りあがり、それからぐったりと覆いかぶさってきた。

それとほぼ時を同じくして、功太郎のイチモツも力を失っていき、やがてちゅるっと押しだされた。

2

一週間後、功太郎は会社が終わってから、君塚と終電がなくなるまで呑み、「家に泊まっていけ」と君塚を家に連れてきた。

二人を出迎えた翔子は、白いシースルーのネグリジェをつけていた。帰宅前に連絡して、翔子にこの格好をするように伝えておいた。もちろん、君塚をその気にさせるためだ。

「お帰りなさい。君塚さんも、こんばんは……さあ、あがってください。すみません。こんな格好で……」

翔子は二人を玄関で迎え、家に招き入れる。

ネグリジェの上にカーディガンをはおっていた。だが、ブラジャーをしないように言ってあるので、胸のふくらみと頂の突起がなかば透けて見える。

こんな大胆な格好を、夫の部下の前ですることが恥ずかしいのだろう、翔子は頬を赤く染めている。

君塚は呆気に取られたような顔をしていた。上司の妻のまさかの格好に昂奮しているのだろう、上がり框《かまち》につまずいて、転びかけた。

（単純で、わかりやすいやつだ……）

功太郎はリビングで、ネクタイを外し、

「君塚、俺はシャワーを浴びて、二階で寝るから、お前もシャワーを浴びて、客間で寝ろ。翔子、こいつのことを頼むな」

酔ったふりをして、翔子に向かって言う。

翔子がうなずいたのを見て、バスルームに向かった。シャワーを浴びながら、想像した。

（今頃、君塚は翔子から冷えた水でももらいながら、妻をいやらしい目で見ているだろう）

覗き見したいところだが、それをこらえて体を洗う。

一週間前から妻の身体には指一本触れていないから、翔子も欲求不満が嵩じてきているのだろう。それとも、愛する夫の命令に忠実に従うことで悦びを感じているのだろうか？

いずれにしろ、自分の突飛な計画を素直に実行してくれている翔子には、強い愛情を感じる。

（いやかもしれないが、我慢しろよ。あとでたっぷり抱いてやるから）

体を拭いて、パジャマを着、忍び足でリビングに近づいた。

そっと覗くと、翔子はオープンキッチンに立っていて、君塚はソファに畏《かしこ》まって座っていた。

（おいおい、翔子。せっかくのチャンスなのに……ソファに座って、シースルーから透けたオッパイやパンティを見せてやればいいのに）

そう思いつつも、

「君塚、出たから。お前もシャワーを浴びて、早く寝ろ。明日も会社だから、俺のワイシャツとか下着を貸してやるから。翔子、用意してやってくれ」

「はい……でも、君塚さんのほうが痩せているから、サイズが合うかしら？」

翔子がキッチンで言う。

「少しくらい大きくてもいいよ。今日のワイシャツや下着を着るよりはいいだろ、なっ、君塚？」

「ああ、はい……でも、申し訳ないからいいです」

「ダメだ。汚れたワイシャツじゃあ、営業にも出られないし、第一先方に失礼じゃないか。わかったな、翔子？」

「はい、用意しておきます」

「じゃあ、明日な」

功太郎は二階へとつづく階段をあがっていく。

ベッドに入って、時が来るのを待った。その時間をひどく長く感じてしまう。

三十分ほど経って、翔子が部屋にやってきた。実行前には、いったんこの部屋に来て、報告をするように言ってある。

「どうだ？」

「君塚さんはもう布団に入りました」

「そうか。行こうか」

功太郎も立ちあがる。功太郎は隣室の和室から、客間を覗くつもりだ。実際にこの目で、何が起きているかを見ておきたかった。

「待ってください」

翔子が言った。

「何だ？」

「わたし、やっぱりできない。無理です」

眉根を寄せて、いやいやをするように首を振った。

「……あなたの前で、他の男に抱かれるなんて、へんだわ。できない。無理です」

翔子の首振りが強くなった。

「それはすでに話がついているだろ？　俺は翔子のことが大好きだ。だから、もっとお前を抱きたい」

功太郎は後ろにまわって、背後から翔子を抱きしめた。

「この素晴らしい身体を、ギンギンになったもので、貫きたい。いやというほどイカせたいんだ。お前をかわいがりたいんだ。そのためなんだよ。好きだからこそ、やってほしい。決して翔子が嫌いだとかそういうことじゃないんだ」

「でも……怖いの、わたし……」

「何が？」

「……どうしても怖いの。それに、恥ずかしいわ。君塚さんはいい人だと思うし、嫌いじゃない。でも、彼に抱かれるところをあなたに見られるなんて、いや……どうしていいのかわからなくなるわ、きっと……」

翔子が、胸にまわった功太郎の腕をぎゅっとつかんだ。

「翔子は抱かれるんじゃない。抱くんだ。童貞くんを抱くんだよ。もてあそぶんだ。そう考えてくれ。俺に見せてやると思えばいい。そうだろ?」

耳元で言うと、翔子がハッとしたように動きを止めた。

「頼むよ。この身体を抱きたいんだ」

後ろから手をまわし込んで、ネグリジェ越しに乳房をつかんだ。ノーブラのふくらみがしなって、揺れ動く。

明らかにそこだけ尖っている乳首を捏《こ》ねると、

「んっ……あっ……ダメ……くっ」

翔子がくぐもった声を洩らして、口を手の甲で押さえた。

「頼むよ。一生のお願いだ。本番はしなくていいんだ。いざとなったら逃げればいい。それに、俺が隣から見守っているんだ。何かあったら、飛んでいく。だから、安心しろ……頼む」

翔子の顔をこちらに向かせて、唇を奪った。

おずおずとしたキスが情熱的なものに変わり、翔子は自分から舌をからめて、功太郎を抱き寄せ、下腹部をぴったりと押しつけてきた。

3

功太郎は一階の客間の隣室に忍び込み、あらかじめ用意しておいた足台を置き、物音がしないようにあがった。

二つの部屋の境にある襖の欄間は唐草模様の透かし彫りになっていて、隣室を覗くことができる。

見えた。

おそらく、功太郎のものだろう白いランニングシャツを着て、ブリーフを穿いた君塚が掛け布団を抱くようにして、横たわっていた。

眠れないようで、輾転《てんてん》として、反対を向いたり、こっちを向いたりしている。

嫌味のないすっきりしたイケメンで、体も痩せている。これで自分に自信がついたら絶対にもてるだろう。

だが、そうなってしまったら、翔子を寝取られてしまいそうで怖い。今の童貞の状態だったら、タカが知れている。相手のセックスが上手すぎると、翔子が夢中になってしまって帰ってこない可能性がある。それだけは避けたかった。

(翔子、早く来い……早く来ないと、眠ってしまうぞ)

しばらくすると、ドアを静かにノックする音がして、

「翔子ですが。入ってよろしいですか?」

翔子の潜めた声が聞こえ、君塚がびっくりしたように飛び起きて、布団に正座した。

「ああ、はい……どうぞ」

ドアが開いて、翔子が部屋に入ってきた。

白いスケスケのネグリジェを着て、お盆を持っていた。その上には、ミネラルウォーターのペットボトルとコップが載っている。用もなしに客人の部屋に入っていくのがためらわれたのだろう。

「酔っていらっしゃるようで、喉が渇くだろうと、お水を持ってきました。かえって起こしてしまったかもしれませんね。余計なお世話をして、すみません」

そう言って、翔子が枕元にお盆を置いた。

「いえ、ありがとうございます。ちょうど水が呑みたかったんで、よかったです。ありがとうございます」

君塚がお礼を言った。

（いつもながら感じのいいやつだ。この人当たりの良さは営業向きだ。今はまだ低空飛行だが、そのうち頭角を現すだろう）

功太郎は欄間から、息を殺して覗きつづける。

「膝を崩してくださいな。そんなに畏まらなくていいんですよ……」

翔子が座って、ミネラルウォーターをコップに注いでやっている。

（……あんなにいやがっていたのに、やけにやさしいじゃないか。やはり、君塚のことを気に入っているんだろうな。前からそんな気がしていた。だからこそ、この計画を思いついたんだが……）

二人を斜め上から見る形なので、胡座をかいた君塚が、股間を隠しながらも、ちらっ、ちらっと翔子の胸を盗み見しているのがわかる。

白い布地が透けて、乳房のふくらみと突起が浮き彫りになっているから、若い男があそこを勃起させるのは自然だろう。ましてや、相手は匂い立つような色香を放つ、美貌の持主なのだから。

だが、やはり君塚のなかには、お世話になっている課長の奥さんをいやらしい目で見てはいけないという気持ちもあるのだろう。いけないっとばかりに目を伏せた。

「どうぞ」

勧められて、君塚は「いただきます」とコップをつかみ、グビッ、グビッと呑んだ。

「ああ、美味しいです」

翔子を見て、にこっと笑った。

(あっ、あんな爽やかな笑みを向けやがって……こいつ、ほんとうに童貞なのか?)

やきもきしていると、翔子がちらっと視線をあげて、こちらを見た。

功太郎がほんとうに覗いているかどうかを確認したのだろう。

うなずいてやると、それが見えたのだろう。翔子はぎゅっと唇を噛みしめて、何かを決意したようだった。おずおずと言った。

「あの……口移しで召しあがりますか?」

「えっ……?」

君塚が今聞いた言葉が信じられないという顔をした。

「口移しで……」

ふたたび言って、翔子がコップに口をつけて水を含んだ。

そのまま、のしかかるようにして、君塚を後ろに倒し、顔を寄せる。

(おいおい、最初から大胆すぎるだろう!)

功太郎は妻の豹変ぶりにびっくりした。

(こんなことができる女だったなんて……)

翔子が君塚の顔をかき抱くようにキスをして、静かに口移しで水を呑ませている。斜め上から見ているので、翔子の黒髪が乱れながら散って、君塚が目をパチクリさせながらも、こぼさないように一生懸命に水を呑んでいるのがわかる。

と、翔子の手が下半身に伸びた。

白いブリーフを突きあげているイチモツを、布地越しに触る。さらに、ブリーフのなかに手を入れて、じかにそれを握ったのもわかった。

(ああ、くそ……! すぐに握りすぎだ!)

嫉妬に近い感情が湧きあがってきた。だが、これは自分が望んだことなのだ。それを、翔子は忠実に実現させているのだから、むしろ、褒《ほ》めるべきだった。よくやっている、偉いぞと称賛するべきだった。

(……いいぞ、やるじゃないか!)

考え直して、そう思うことにした。

翔子は口移しを終えても、キスをつづけている。唇を合わせながらも、下腹部のものを握りしごいているのが、ブリーフの動きでわかる。

そして、君塚は唸りながら、腰を突きあげはじめた。

(気持ちいいんだろ？　翔子は手コキが上手だからな)

その感触を体が思い出したのか、功太郎のイチモツも力を漲らせはじめた。パジャマのズボンのなかに手をすべり込ませて、それを握る。

分身は力強くなって、ドクッ、ドクッと脈打っている。

(やはり勃起してきた！)

自分の考えは間違いではなかったのだ。

翔子がキスをやめて、言った。

「君塚さんは、童貞なんですってね？　うちの人が言っていたけど、ほんとうなの？」

「……はい、そうです。二十三にもなって、恥ずかしいですけど……」

「きみ、すごくいい男だし、女の子にモテると思うけど？」

そう語りかけながら、翔子はイチモツを握りしごいている。

自分と接するときとは全然違って、すごく積極的だ。翔子にこんな一面があるとは思わなかった。普段は貞淑なのに……いつもは、仮面をかぶっていただけなのだろうか？

だが、こういう翔子が嫌いかというと反対で、むしろ、そそられる。こういう面を自分にも出してくれたらと思う。

「大学一年のとき、サークルの先輩とつきあったんですけど……彼女は別の男に乗り換えて、無残にフラれてしまって……それから、女性とつきあうのが怖くなって、ここで押さなきゃというときに押せなくて……」

「最初の彼女とはしていなかったの？」

「はい……きっとしなかったから、ダメだったんだと思います」

「そう……可哀相に。こんなにいい男なのに……」

翔子はランニングシャツをめくりあげて、胸板にキスをする。乳首をちろちろと舐めて、吸う。

「あっ、くっ……イケません。課長に申し訳ないです。課長には目をかけてもらっていますから、だから……」

君塚が突き放そうとする。

（さすがだな、君塚。普通はここまでされたら、簡単に誘いに乗るだろうに……

俺に申し訳ないと……かわいがってやるからな。お前を一流の企業戦士に育ててやるからな)

そう思ったとき、翔子が白いネグリジェを下から剝きあげるようにして、首から抜きとった。白い布地が脱げた瞬間、長い黒髪が躍って、裸身に散る。

(おおぅ、きれいだ! お前はほんとうにきれいだな!)

見慣れているはずの妻の裸に、見とれてしまった。

斜め上から見ているせいもあるだろう。なだらかな肩にかるくウエーブする黒髪が散って、急激に盛りあがった乳房のラインと、頂上のピンクの乳首の突出が、いやらしすぎた。

見とれていると、翔子は君塚の腹部にまたがったまま、ぐっと前に上体を折った。そして、胸のふくらみの頂を君塚の口許に差し出して、

「いいのよ。舐めて……それとも、いや? 夫が気になる?」

上から君塚を見た。

「そ、そりゃあ、課長のことは気になります」

「大丈夫。功太郎さんはいったん眠ると、朝まで起きないのよ。今夜はお酒が入っているから、なおさらそう……大丈夫。君塚さんのことは絶対に言わないか

ら。信じていいのよ」

翔子が説くように言う。

（こいつ、俺がここから覗いていることを知っていて、あんなことを……女って怖い。ほんとうに……）

功太郎はぞっとしてきた。だが、こう言わなければ、君塚は応じないだろう。それを考えると、翔子を許そうという気になる。

「でも、どうして俺なんですか？　し、翔子さんのようにステキな方が、俺なんかと……？」

君塚が当然そう思うだろう疑問をぶつけた。

「それは……君塚さんをステキだと思ったから。それに、功太郎さん、わたしを抱いてくれないのよ」

「そ、そうですか？」

「ええ、もう半年も……」

「……知らなかった。びっくりしました。お二人は幸せそうに見えたのに……」

「夫婦ってそういうものなの……だから、お願い。翔子を抱いて」

そう言って、翔子が乳房を擦りつけていく。

君塚が、押しつけられた乳首に向けて、おずおずと舌を伸ばした。

それから、口を開けて先端を頬張る。

「ぁあああ……！」

艶めかしい声を洩らして、翔子がのけぞった。

（ああ、感じたな。感じやがった……）

それが、意識的に演技をしたものではなく、ごく自然の反応であることが、功太郎を昂らせる。

下腹部のものがぐんと力を漲らせて、功太郎はそれをぎゅっと握った。

「ぁああ……くっ……ぁあうぅ」

さらに、乳首をしゃぶられて、翔子が大きくのけぞった。

そのとき、功太郎と目が合った。

きれいなアーモンド形の目が快楽で細められていた。だが、その明らかに潤んだ瞳はどこか悲しそうな色をたたえている。

悲しいか……そうだよな。いくら愛している夫のためとは言え、部下に抱かれているのだから。

（そうか……そうか……いい子だな）

次の瞬間、「ぁあああ」という喘ぎとともに、その目が閉じられた。

君塚がもう片方の乳房もつかんで、荒々しく、下手くそに揉んでいた。

翔子は乳首が強い性感帯で、左右の乳房を同時に責められと、感じてしまう。

性感を昂らせてしまう。

童貞の君塚が意識的にやっているとは思えないから、たんなる偶然なのだろう。

両方のオッパイをモミモミしたいというのは、普通の男の欲望だ。

「ああ、上手よ。君塚さん、上手。ほんとうに初めてなの？」

翔子が訊いた。

「はい、もちろん……正真正銘、初めてです」

「そう……」

「でも、よかったです。初めての人が翔子さんで。俺、この前ここに泊まらせていただいてから、じつはずっと奥さんのことを思っていました」

「そうなの？」

「はい……！」

君塚がきっぱり答えた。

これには、功太郎もびっくりした。君塚が翔子に好意を抱いていたことはわかっていた。が、そのことにではなく、君塚が告白したことに驚いたのだ。

「課長にはほんと、申し訳ないと思っています。でも、ほんとうれしいんです。奥さんにこんなことを……」

下から見あげる君塚の目はきらきらしていた。

翔子もうれしかったのだろう、自分からキスをして、唇を吸った。

（君塚のやつ、ほんとうに童貞なんだろうな？　女への接し方が上手すぎる。まるで、百戦錬磨のプレーボーイじゃないか？）

功太郎も覗きながら、不安になってきた。

肉体ならいい。だが、心まで奪われるのはいちばんいやだ。

（いや、翔子は俺が大好きだから、それはないだろう……）

翔子が顔を下へ移しながら、ブリーフをつかんで、引きおろす。

ぶるんと転げでてきたイチモツを見て、息を呑んだ。

大きさは標準レベルだが、角度がものすごい。まだ薄い色をした肉柱が、臍を打たんばかりに鋭角にそそりたって、裏筋をのぞかせている。

翔子も、ハッと息を呑むのがわかった。

功太郎が翔子とつきあいはじめた頃にも、こんなにギンとはならなかった。若いということは素晴らしい。きっと、翔子もそう感じているだろう。

翔子がまたキスをはじめた。

胸板に唇を押しつけ、乳首を舐めた。ちろちろと舌を走らせながらも、右手で下腹部のイチモツを握り、ゆったりとしごいている。

半包茎だった包皮が剝けて、手の動きとともに、茜色にてかる亀頭部が顔を出した。そして君塚は、

「あっ……くっ……ぁあああ……！」

思い切り声をあげてしまい、しまったとばかりに自分の手で口を押さえる。

その反応を見て、君塚が童貞であることに確信を持った。

翔子はそんな君塚の様子を時々見あげて、確かめながら、乳首にキスを浴びせ、舐めあげる。

「ぁああ、ダメです……もう……ぁあうぅ」

君塚はさかんに腰をせりあげて、左右の足を一直線に伸ばしている。

気持ち良さそうだった。

功太郎も自分がされているような気になって、ますます硬直していた分身を握って、しごいた。

だが、射精してしまえば、このあとで翔子とセックスできなくなる。あくまでも、このあとに翔子をギンギンのもので貫くことが目的なのだから、ここは我慢しなくてはいけない。

節度を持ってしごきながら、欄間の隙間から隣室のベッドシーンを覗き見た。

翔子の顔がさがっていって、引き締まった腹部からさらに下へとおりていく。

屹立を握ったまま、そこを迂回して、モジャモジャの密林を舐め、さらに、太腿へと舌がおりていった。

ぬるっ、ぬるっと舌がすべるたびに、君塚は「くっ、くっ」と震えている。

翔子の舌がいかに気持ちいいか、功太郎自身よくわかっている。この焦らし舐めはたまらないだろう。

(この果報者が……！　翔子、早く咥えてやれ。ぱっくり咥えてやらんか！)

心のなかでけしかけたとき、それが通じたのか、翔子が勃起に顔を寄せた。

臍に向かってそそりたつものをつかんで、ツーッ、ツーッと裏筋に舌を這わせる。

「ぁああぁぁ……くっ！」

君塚が思い切り顔をのけぞらせる。

功太郎にもその裏筋舐めがいかに具合がいいのか、わかる。

「気持ちいい？」

翔子が見あげて、訊いた。

「はい、すごく……ぞくぞくします」

「そう……よかった。もっと気持ち良くなるわよ」

翔子はいきりたちを真っ直ぐに立て、ぐいと包皮を剝いた。赤裸々な亀頭部に顔を寄せて、舌を走らせる。

ぬるっぬるっと尿道口を舐められて、

「ぁああ……そこは……！」

君塚が顔を持ちあげた。

「いや……？」

「いいえ、いやではないです……でも、そこはオシッコを……」

「そうよ。オシッコが出る孔。君塚さんのオシッコの味がするわ」

翔子が唇を接したまま、にこっとした。

(ああ、こんな大胆な翔子は初めてだ)

きっと、童貞君をいたぶることに悦びのようなものを感じているのだろう。

男も女も相手によってセックスが変わると言う。

（そうか、相手を変えることで、翔子の新しい部分が引き出されるというわけか……うん、これはいい！）

不満なのは、もう翔子の頭から功太郎のことがすっかり抜け落ちているように感じることだ。しかし、忘れるわけがないのだから、きっと意識はしているだろう。視線を感じつつも、こういう大胆な一面をさらしているのだ。

翔子はたらっと唾液を落として、それを塗り込めるように鈴口を舐める。これは、功太郎が教えたことだ。

翔子はぐるっと亀頭冠の周辺を舐めた。舌でカリを撥ねあげるようにしながら、一周させる。

そうしながら、根元を握って、しごいている。

斜め上から見ている功太郎には、こちらに向かって突きだされている尻が見えている。桃のように見事にふくらんだヒップの底に、繊毛とともに女の割れ目がひろがっていた。

びくびく震えている君塚を見ながら、翔子が躍りあがる肉棹に上から唇をかぶせていった。

途中まで分身を呑み込まれて、「ぁああ、くっ……」と君塚が唸る。

翔子が顔をゆったりと打ち振ると、赤い唇が屹立の表面をすべっていき、

「ぁあ……くっ……ダメです！」

君塚が訴える。

翔子はいったんストロークを中断したが、すぐにまた唇をすべらせる。

「ぁああ、気持ちいい……ぁあああ、出る、出ちゃいます！」

君塚が足を突っ張らせたとき、翔子がちゅるっと吐き出した。

「いいのよ、口に出して……呑んであげる。いいのよ、出したいときに出すのがいちばん気持ちいいの……出していいからね」

君塚を見、それから顔をねじって、欄間のほうを見た。

目が合った。

(ああ、俺に許可を取りたいんだな)

功太郎はいいぞ、呑んでやれという意味を込めて、大きくうなずいた。その意図を悟ったのだろう、翔子はまた頬張った。

根元を握りしごきながら、余った部分に唇をかぶせて、同じリズムで顔を振りはじめた。

「んっ、んっ、んっ……」

小刻みに顔を振りながら、くぐもった声を洩らした。

それから、いったん手を離して、唇だけで頬張った。

根元から切っ先まで唇を往復させる。

両方の頬がぺこっと凹み、翔子がいかに強く吸っているかがわかる。

ジュルル、ジュルルと唾音がして、あふれでた唾液が肉棹をしたたって、陰毛を濡らしているのが見える。

「ぁああ、ダメです。出ます……翔子さん、出そうだ……くぅ」

君塚が目を閉じて、思い切り顔をのけぞらせた。開いた足がぶるぶると震えている。

(ああ、出すんだな……気持ちいいんだろうな！　ああ、くそっ……！)

出してやれという激励と、もういいからという気持ちが交錯して、功太郎も昂奮しきっていた。

自分がフェラチオをされているようだ。分身が射精させてくれと訴えてくる。

それを必死にこらえた。

部屋では、君塚が射精寸前で顔をしかめている。

「ああ、くぅ……出ます。出しますよ……」

翔子がうなずいて、根元を握りながら擦り、亀頭部に唇をかぶせてその瞬間を待っている。

「ぁあぁ、出る……ぁああぁあ!」

君塚が吼えながら、腰を突きあげた。射精しているのだろう。

翔子は顔をしかめながらも、頬張りつづけて、噴出を受け止めている。

やがて、射精が終わったのだろう。

翔子は白濁液がこぼれないように手で口許を押さえながら、脱いだネグリジェをつかみ、急いで部屋を出ていく。

4

君塚がぐったりしているのを見て、功太郎も慎重に台を降り、部屋を出た。

翔子が洗面所に入っていくのを見て、あとを追う。

脱衣所を兼ねる洗面所で、翔子は白濁液を吐き出し、ウガイをしていた。全裸のままなので、余計にそそられる。

それを後ろから見て、功太郎はすぐに貫きたくなったが、その前にやってほしいことがあった。

「歯を磨いてくれ。翔子の口、匂うぞ」

「ゴメンなさい……どうしても呑めなくて」

翔子が鏡越しに、功太郎を見た。

「いいから、磨け」

翔子が急いで歯ブラシに歯磨きクリームをたっぷりと出して、歯磨きをはじめた。

「……思ったより、やるじゃないか。君塚、すぐに出しちゃったな」

功太郎はそう言いながら、妻の裸身を後ろから抱きしめて、乳房をつかんだ。

「いやらしいやつだな。いまだに乳首がビンビンじゃないか……ここはどうだ？」

後ろから尻の奥に手をすべらせた。

そこはいまだに潤みきっていて、指がぬるっとすべる。

歯を磨きながら、翔子がいやっとばかりに尻をくねらせた。そして、最後にウガイをする。

「君塚相手に感じやがって……フェラもいやらしかったぞ。気持ちがこもってい
た。びっくりしたよ。まさか、あんなにいやらしく咥えるとはな……」
「それは、功太郎さんが……あしたほうが、あなたが感じると思ったから」
そう言って、翔子は鏡越しに功太郎を見る。
「お蔭さまでギンギンだよ。頑張ってくれた。お礼を言うよ。こっちに……」
翔子をバスルームに押し込み、自分も裸になって、なかに入る。
君塚はやってこない。精液を搾り取られ、ぐったりしているのだろう。
シャワーを出して、水が温まるのを待った。その間も、翔子のケツを撫でると、
翔子は、「いや」と言いながらも腰をくねらせる。
高まった状態でフェラチオしたものの、自分は気を遣っていないから、欲求不
満が渦巻いているのだろう。
「この汚れた身体を洗い清めるからな。その間も、ここを……」
立ったままシャワーを浴びせながら、勃起を握らせる。
翔子も早く受け入れたいのだろう、言われたとおりに肉棹をしごきながら、
じっとしている。
強いシャワーで肌の汗や汚れを洗い落とした。三十三歳になっても、翔子のき

め細かい肌は水を弾く。洗い終えて、

「咥えてくれないか?」

肩を押すと、翔子が前にしゃがんだ。

敷かれたバスマットに両膝を突き、そそりたつものを握って、

「カチンカチン……」

うれしそうに見あげてくる。

「ああ、言ったとおりだろ? 翔子が君塚をかわいがっているのを見て、すごく昂奮した。嫉妬したよ。羨ましくなったよ。それに、翔子が感じているのを見ると、すごくこっちも昂奮するんだ。好きだよ、翔子。よく頑張ってくれた。翔子に惚れ直したよ」

そう言って髪を撫でると、翔子は見あげて、幸せそうな顔をした。それから、頬張ってくる。

「かわいいやつだ。翔子はかわいいやつだ……ぁおお、気持ちいいぞ」

功太郎はうっとりとして、もたらされる快感に酔いしれた。

目をつむると、翔子が君塚に乳首を舐められて、腰をよじって感じている光景が再生された。

（くそっ、乳首を舐められただけであんなに感じやがって……！）

そう思った途端に、イチモツがさらに力を漲らせて、翔子の喉を突いた。

「ぐふっ……」

えずいて、翔子が吐き出した。ぐふっ、ぐふっと苦しそうに噎《む》せている。

「どうだ、俺のチ×コのほうが、君塚より大きいだろう？　君塚相手にはえずかなかったものな？」

「はい……あなたのほうが大きいわ」

事実かどうかは微妙なところだが、翔子がそう言ってくれたので、自信が持てた。

また翔子が頰張ってきた。

今度はぐっと奥まで咥え込み、もっとできるとばかりに先端を喉の奥へと吸い込んだ。そのまま顔をS字に振って、頰粘膜でぎゅうと包み込んでくる。

「ああ、くっ……上手いぞ。翔子のフェラは最高だ。くうぅ」

ふいにサディスティックな気持ちになって、黒髪が流れ落ちる後頭部に右の手のひらを当てて、ぐっと引き寄せた。

そうしながら、腰を突きだす。

切っ先が喉の奥へと入り込む感触があって、

「ぐふっ、ぐふっ……」

翔子は噎せながらも、決していやがらずに頬張ったままだ。

「気持ちいいか？」

訊いていた。気持ちいいわけがない。苦しいに決まっている。それでも敢えて訊くと、翔子が顔をのけぞらせながらも、こくこくと小さくうなずいた。

「ああ、翔子……お前は最高の女だ。俺にはもったいないくらいの女だ」

そう言いながら、さらに腰を突きだすと、さすがに耐えられなくなったのか、翔子が跳びはねるようにして吐き出して、ぐふっ、ぐふっと噎せる。

黒曜石みたいな瞳にうっすらと涙の膜がかかっているのを見て、

「苦しかったな。ありがとう、耐えてくれて……お前が好きだ。大好きだ。後ろを向いてくれ」

翔子を立たせて、バスタブの縁につかまらせた。

仄かな桜色に染まった尻がせまってきて、その下側に黒々とした翳りを背景に、女の肉貝が息づいていた。

唾液でぬめ光って、すごい勢いでそそりたっているものを押さえつけるようにして、尻たぶの底に押し当てた。

亀頭部を濡れ溝に擦りつけながら、敢えて訊いた。

「どうだ？　これが欲しかったんだろ？」

「……はい。欲しかった。ずっと欲しかった」

「これが欲しくて、我慢して君塚のチ×コを咥えたんだな？」

「はい……はい……」

「よし、ご褒美だ」

ゆっくりと腰を進めていくと、自分でもびっくりするほどに勃起したものが、窮屈なとば口を押し広げていく確かな感触があって、

「ぁあああ……！」

翔子は顔をのけぞらせながらも、怯むことなく、逆に尻を突きだしてくる。そのもっとちょうだい、と言わんばかりの腰つきがたまらなかった。

深々と突き刺して、じっとしていると、なかがざわざわと波立って、肉棹を内へ内へと手繰りよせようとする。

ついには、もう我慢できないとばかりに翔子は自分から腰を突きだしたり、引いたりして、

「あっ……ぁああ、奥に突き刺さってくる。ぁああ、恥ずかしい。腰が勝手に動くの……恥ずかしい、恥ずかしい……」

そう口走りながらも、腰を叩きつけてくる。

(これだ。これが欲しかった)

完全勃起しているからこそできるセックスに、あらためてこれをやってよかったと感じた。

両手を腰に当てて、ふんぞり返る。

翔子は湯船の縁をつかみ、全身をつかって、尻を叩きつけてくる。

肉と肉がぶつかる音がして、そこに、

「あっ……あっ……あうぅぅ!」

翔子の押し殺した喘ぎが混ざった。

夢中になって、渇望を満たそうとする妻が愛おしい。

功太郎も動きたくなった。

悩ましくくびれたウエストをつかみ寄せて、自分から腰を突きだす。すると、ギンギンになった分身が深々と体内をえぐっていき、

「あん、あん、あん……くっ、くっ……ぁああ、ダメっ……イッちゃう。もう、

イッちゃう！」

翔子がぶるぶる震えながら、訴えてくる。

君塚としているときから我慢していたので、すでに昇りつめる準備はできていたのだろう。

それは、功太郎も同じだった。覗き見しながら、勃起をしごいていたせいか、もう頂上が見えてきた。

「おおぅ、俺も、出そうだ……ぁああ、気持ちいい……翔子、翔子、好きだ。大好きだ！　おあぁぁぁ！」

腰を引き寄せながら激しく叩きつけたとき、

「あんっ、あんっ、あんっ……イキます……イクイク、イッちゃう……！」

翔子がぶるぶる痙攣しながら、尻をぐいと突きだしてきた。

「俺も、俺も……そうら！」

残っている力を振り絞って叩き込んだとき、

「……イクぅ……やぁあああああぁぁぁぁ……くっ！」

翔子ががくん、がくんと背中を躍りあがらせるのを見て、止めとばかりに打ち込んだとき、功太郎も放っていた。

熱い男液が勢いよくしぶくのを感じながら、腰をつかみ寄せ、ぴったりと下腹部を合わせる。

（ああ、すごい……膣のなかがうごめいている）

なかの粘膜がからみつきながら、精液を搾り取るような動きをして、功太郎も残りの男液を吐き出し尽くす。

打ち終えると、翔子が精根尽き果てたように、その場に崩れ落ちた。

バスタブの側面に顔を寄せて、はあはあと荒い息をして、よりかかっている。

そして、功太郎の分身は射精したばかりだというのに、いまだ棒状になっている。

白濁液を自らも浴びながら、それは勃起しつづけていた。

「翔子、奇跡が起こった。まだ、こんなだ。しゃぶってくれないか？」

言って、それを顔の前に突きだした。

翔子はびっくりしたように目を見開き、それから唇を開いて、愛蜜のこびりつく肉棹にそっと唇をかぶせた。

第二章　部下の童貞を奪え

1

一カ月後、功太郎は居酒屋で君塚俊夫《としお》と呑んでいた。

これには理由があった。

あのことがあってからしばらくは、妻の翔子と上手くいっていた。

閨の床で、翔子が君塚に乳首を舐められて感じまくっていた光景を思い出すと、あれが激しくいきりたち、翔子を思う存分に突きまくることができた。

君塚に寝取られてしまうんじゃないかという危機感があって、それが功太郎の支配欲をかきたて、性欲へと繋がっていた。

しばらくは週に三度、翔子を抱いた。

しかし、十回目あたりからだんだん印象が薄れていき、同時にマンネリを覚えて、イチモツがままならなくなった。

そうなると、新しい刺激が欲しくなった。

(もう一度、君塚に抱かせるしかないな)

そう思って、打診したところ、翔子は『一回だけと言ったじゃないですか?』と怒ってみせたものの、心底いやがっているようには見えなかった。

翔子も、君塚のことを満更でもないと思っているのだ。だから、今夜またあれを実行するつもりだった。

「例の新しいプロジェクト、課長も参加するんですか?」

居酒屋で、ビールで顔を赤く染めた君塚が訊いてきた。

「ああ、参加する。だけど、リーダーにはなれないかもな。三課の生島《いくしま》課長がいるだろう? あいつがリーダーに任命されそうなんだ」

「ええ? だって、今回の企画、元はと言えば、倉石課長の発案じゃないですか?」

君塚が不満そうに口を尖らせた。

「まあ、そうなんだが……生島のほうが年上だし、経験があるからな。それに、俺には人望がない。俺のために一生懸命動いてくれるのは、お前くらいしかいないからな」

功太郎は溜め息をつく。

今回のプロジェクトは九州で採れる緑茶をブランド化して、本格的に売り出すというものだった。

功太郎は元々鹿児島出身で、地元のお茶に詳しいし、知り合いも多いから、このプロジェクトには自信があった。だが、プロジェクトリーダーとなると、また話は別だ。人を動かさなければいけない。それを、功太郎は苦手としていた。

「課長、もったいないですよ」

君塚が無念そうに言って、じっと功太郎を見た。

「お前にとっては、頼りない上司かもしれないが……」

「そんなことないです。俺は課長についていきますから」

こんないい部下を、夫婦の危機を回避するために利用するのは申し訳ない。

（いっそのこと、翔子に筆おろしさせるか？　女を知ったら、君塚は一皮剝けるだろう。元々有能なのだから……しかし、そうさせると、俺は君塚をライバル視

してしまうかもな。それはマズい。だけど、それで俺はいっそう昂奮するかもしれない。やってみる価値はあるかもな)

君塚の気持ちをさぐりたくて訊いた。

「ところで、お前、うちの奥さんのことをどう思う?」

「……どうって……」

君塚が口ごもった。この前、たとえ誘われたとは言え、功太郎の妻に口内発射してしまっているから、複雑な気持ちなのだろう。

「すごい美人で、やさしいし……憧れます。俺、奥さんをもらうなら、翔子さんみたいな人がいいです」

君塚が言った。はにかんでいるところがかわいい。

「そうか……これは内緒だけど、翔子はすごくいい身体をしているんだぞ。とくに、あそこの締まりがな……」

功太郎はテーブルの上に顔を突きだして、小声で言った。

「ミミズ千匹なんだよ」

「えっ……ミミズ千匹って?」

「知らないのか? ミミズ千匹っていうのはな……」

君塚の耳元に口を寄せて、説明する。

「……そうですか。そうなんですね」

きっと、翔子とのセックスを想像しているのだろう、君塚がごくっと生唾を呑んだ。

「おいおい、お前、ひょっとして俺の女房に惚れてるんじゃないだろうな？」

「ち、違いますよ。へんなこと、言わないでください！」

君塚がしどろもどろになって誤魔化す。

わかりやすいやつだ。やはり、翔子に惚れているのだ。

（女房に他の男とファックさせるのは心配だが、こいつならいいかもな……）

功太郎は心のなかで、今夜実行を決めた。

君塚の終電がなくなるまで呑んで、家に泊まるように誘った。君塚は「いつも申し訳ないです」と遠慮しながらも、内心喜んでいるのは見え見えで、功太郎とともに居酒屋を出て、タクシーに乗り込んだ。

家に到着すると、翔子がまたあのシースルーの白いネグリジェ姿で二人を出迎えた。

翔子には、すでに君塚を連れていくからと、メールで伝えておいた。

翔子のあられもない姿を見るなり、君塚は真っ赤になってもじもじしはじめた。ズボンの股間が大きくなっているのを見て、いかに君塚が性欲をかきたてられているかがわかり、それを微笑ましく感じた。

この前のように最初にシャワーを浴びて、リビングに戻ると、今夜は翔子もひとりがけのソファに座っていて、足を少し開いていた。

「俺はもう寝るから、君塚もシャワーを浴びて寝ろよ。下着はこの前みたいに俺のを使っていいから。翔子、頼むな」

二人に声をかけると、翔子が膝を閉じて、うなずいた。

（翔子め、こっそりと君塚を誘惑していたな……いい傾向だ）

二階の夫婦の寝室で休んでいると、翔子がやってきた。

「頼むな。それと、今夜はあいつの筆おろしをしてやってくれ。ほら、これを使え」

二個のコンドームを渡すと、翔子はそれをじっと見て、

「ほんとうにいいんですか？　心からそう願っているんですか？」

眉根を寄せた。

「ああ、本気だ。君塚のあれをお前のなかに入れさせるのは、正直、不安なんだ。

だけど、コンドームをさせるだけで違うんだ。直接、触れないからな。これは、二人のためなんだ。翔子だって、俺がフニャチンのままではいやだろう? 物足りないだろう?」

「……いえ、わたしはそれでもかまいませんが……」

「ウソをつくな。お前は硬いやつで、ガンガン突かれたいタイプだろ? 翔子がガンガン突かれて、悶えているところを見れば、きっとまた復活する。俺もカチカチのやつで、翔子を貫きたいんだ。それに、君塚を男にしてやりたい。あいつは俺がいちばんかわいがっている部下だしな。君塚だったら、許せる。頼む、そうしてくれ」

最後は頭をさげた。

「……功太郎さんが望むなら……」

「おお、やってくれるか? ありがとう。お前は最高の妻だ」

功太郎は翔子のネグリジェ姿をぎゅっと抱きしめた。すると、もう股間のものが硬くなりはじめていた。

「淫らに燃えろよ。翔子が感じるほどに俺は昂奮するみたいなんだ。遠慮は要らないからな。頼むぞ」

翔子は無言のまま、抱き返してくる。

「じゃあ、行こう。俺も隣から覗いているから」

二人は寝室を出て、階段を静かに降りていった。

2

功太郎は踏み台に乗って、欄間から隣室の様子を覗いていた。

翔子がお盆にミネラルウォーターを載せて、入ってきた。君塚が飛び起きて、この前のように布団に正座した。

「喉が渇いたでしょ?」

翔子が前にひざまずき、コップに水を注ぎ、それを口に含んだ。

そして、君塚を布団に押し倒しながら、口移しで水を呑ませる。

これも前回と同じだった。

口移しを終えても、翔子は唇を合わせつづけていた。そして、手をおろしていって、君塚のブリーフ越しに股間をやわやわと揉んだ。

と、君塚が唇を離して、言った。

「マズいです。課長に申し訳ないです」

「じゃあ、なぜまた家に来たの？　こうなることは予想できたでしょ？」

翔子が君塚の髪をかきあげながら、色っぽく言う。

「……それは……」

「いいのよ。功太郎さんはもう寝ているから」

翔子の手がブリーフのなかに入り込んで、じかにそれを握り、ゆったりとしごきはじめた。

「ぁああ、奥さん……そういうことされると、俺……」

「いいのよ。今夜、君塚さんは男になるの。男にしてあげる」

そう言って、翔子が艶めかしい目を君塚に向けた。

「えっ……？」

君塚が目を見開くのが見えた。

「童貞を卒業したいでしょ？　したくないの？」

「……したいです、そりゃあ……でも、いいんですか？」

「いいのよ。そのつもりで来たの。夜這いしてきたの。わたしの気持ちをわかってほしいんだけど……」

君塚は感激している様子で天井を見て、動かなくなった。

翔子がランニングシャツをまくりあげて、胸板を舐めながら、下腹部のものを揉んでいる。

そして、君塚は身を任せて、気持ち良さそうに目をつむっている。

(この果報者が……こんないい女に童貞を捧げるなんて、まずはないんだからな。俺なんか、ソープのネエチャンに童貞を奪われたんだから)

翔子がいったん上体を立てて、ブリーフをおろしていく。

ゴムの部分がおりた途端に、弾かれたように勃起が出てきた。それは、すでに臍を打たんばかりにいきりたっていた。

(ううむ……いつもながら、この勃起力はすごい！　翔子はギンギンなやつで奥を突かれるのが好きだからな)

翔子が何か言って、君塚は布団に立ちあがり、ランニングシャツを脱いで全裸になった。

翔子はちらっと欄間のほうを見て、功太郎が覗いているのを確認したのだろう。

白いネグリジェの裾をつかんで引きあげ、頭から抜き取った。

(おおぅ、きれいだ！　色白でむちむちで……)

あらためて、翔子に惚れ直した。

翔子は欄間を見あげながら、黒髪のゴムを解いて、頭を振った。

流れるようなウエーブヘアが散って、毛先が乳房をなかば隠す。釣鐘形に持ちあがったトップが見え隠れして、一気に功太郎の分身も硬くなった。

こうしてあらためて妻を見ると、これまで気づかなかった良さがどんどん見えてくる。

（マンネリを感じたら、みんなやってみればいいんだ。世の中の男はこれをやる勇気がないだけなんだ。俺みたいに一歩踏み出せば、目眩く世界が待っていると言うのに……）

翔子は君塚の前にしゃがんだ。

勃起を隠していた君塚の手を外させて、いきりたつ肉柱を握り、その下の袋に顔を寄せた。

（おい、何をするつもりだ？　キンタマなんか舐めなくていいんだぞ！）

翔子は顔を横向けて、皺袋を下から舐めあげる。やや上を向いて、垂れさがる睾丸袋に舌をからませている。

（おい……俺にだって、たまにしかしないことを……！）

胸の奥がちりちりと灼けた。

そんななか、翔子は君塚の太腿にしがみつくようにして、睾丸を丁寧に舐めている。

「あっ、ぁああ……すごい……こんなこと、奥さんが……ぁああ、くうぅ」

君塚が上を向いて、唸った。

功太郎は見つからないようにとっさに首を引っ込める。それから、またおずおずと顔を出す。翔子が股間にしゃぶりついていた。よく見ると、片方の睾丸がすっぽりと口におさまっているではないか。

(ああ、こらっ……俺にもやってくれないことを、君塚ごときに……！)

功太郎は強い嫉妬を覚えた。

(復讐のつもりか？　自分を部下の男に抱かせたそのお返しに、俺を苦しめているのか？)

翔子はちゅるっと睾丸を吐き出すと、肉柱を裏筋に沿って舐めあげていく。

ツーッ、ツーッと舌を走らせ、さらに顔を横向けて、側面をフルートを吹くように頬張りながら移動させて、唇と舌で擦っている。

「ぁああ、気持ちいいです……翔子さん、気持ちいい……ぁああ、くっ」

君塚が心底感じている声をあげて、顔をのけぞらせる。

「また大きくなってきたわ。どんどん硬くなっているし……」

翔子がにっこりして言い、上から肉柱に唇をかぶせた。

根元を握りしごきながら、余った部分に唇を往復させる。手指が動いて、それにつれて、顔も振られて、髪の毛も揺れる。

（ああ、くそっ、気持ちいいんだろうな！）

功太郎はパジャマのズボンのなかに手を差し込んで、いきりたちを握った。熱くなっているものを擦ると、得も言われぬ快感がひろがってくる。

見ると、翔子が勃起から手を離して、口だけで頬張っていた。

ぐっと根元まで咥えて、頬をぺこりと凹ませ、大きく顔を打ち振る。

若い部下の前にひざまずき、その腰につかまりながら、一糸まとわぬ姿で元気のいいペニスを一心不乱に頬張る妻――。

抜けるように白い肌がところどころ朱に染まり、たわわな乳房や大きな尻も丸見えだ。

（ああ、くそっ……いやらしいぞ。美味しそうにしゃぶりやがって……ぁああ、くそっ……昂奮する！）

功太郎が勃起をしごいていると、君塚のさしせまった声が聞こえた。

「ああ、ダメです。出ます……出ちゃう」

「いいのよ、出して……呑んであげるから」

翔子がいったん吐き出して、言う。

「出したくありません。奥さんと、翔子さんとしたい……ぁあああ、しごかないで……ぁあああ、おおぅ！」

君塚が唸った。

腰を前に突きだしているから、射精してしまったのだろう。

そして、翔子は浅く頬張りなおして、こくっこくっと静かに喉を鳴らしている。

前回は呑めなかったが、二度目で親密さが増したからだろう。

射精を終えたのか、翔子が口を離した。

びっくりした。放ったはずなのに、君塚のイチモツはいまだ上を向いているのだ。

翔子も呑みきれなかった白濁液を指で拭いつつも、目を剝いている。

「すみません。何か、全然小さくなりません」

君塚が申し訳なさそうに言う。

「いいの……すごいわね。こんなの初めてよ」

「きっと、あの……翔子さんとあれをしたいから。だから……」

「そうね。その一心で硬さを保っているのね。偉いわ……まだ、できそう？」

「はい……！」

「そう……じゃあ、今度はきみがして。教えてあげるから」

そう言って、翔子は自分から布団に仰向けに寝た。

3

君塚が乳房を揉みはじめた。這うようにして、左右の乳房をつかみ、おそるおそるという感じで、揉んでいる。

釣鐘形のたわわなふくらみが形を変えて、

「そうよ。そう……ああ、強いわ。力を入れすぎないで……そう、そうよ。それでいいの……ぁああ、気持ちいい」

うっとりとした顔をしながら、翔子が顔を欄間のほうに向けた。

「気持ちいい……そうよ、そう……」

そう言いながらも、功太郎のほうを見ている。

（ああ、俺に見せつけようとしているんだな）

功太郎はそう思いつつも、妻の痴態に見とれた。

部下にオッパイをモミモミされて、「いいのよ、気持ちいい」と眉を八の字に折りながらも、目を細めて功太郎を見ている。

（ああ、翔子……気持ち良さそうな顔をしやがって……。君塚ごとに胸を揉まれて、そんなに気持ちいいか……！）

功太郎は耳鳴りのような昂奮を感じて、体がジーンと熱くなってきた。パジャマのなかの勃起をゆっくりとしごく。すると、ギンギンになった肉柱から途轍もない快感がうねりあがってきた。

（ああ、こんなことで昂奮するとは、やっぱり俺はおかしいんだな。いや、他の男だって。実際にしたら、きっとこうなるんじゃないか。ただ、やらないだけで……ぁああ、気持ちいい！）

そのとき、翔子が何か小声でアドバイスを送ったのだろう、君塚がうなずいて乳首に吸いついた。

ふくらみの中心にある、透きとおるようなピンクの突起に、君塚は赤ちゃんが母のオッパイを呑むように吸いついている。

「ぁああ、そうよ……そう……上手よ。君塚さん、上手。ねえ、今度は舐めて。そう、そうよ……ぁあああ、上手だわ。感じる。君塚さん、わたし、感じてる……ぁあうぅぅ」

翔子が一瞬顔をのけぞらせた。それから、また功太郎のほうを見あげて、

「舌で左右に弾いてみて……そうよ。そう……ぁああ、気持ちいい……吸ってもいいのよ。そう、そう……ぁあああぅ、吸われると気持ちいいの」

翔子は君塚の頭髪を撫でながらも、心底感じている表情をする。

(やっぱり、お前は俺じゃなくても、いいんだな。身体が勝手に感じてしまうんだ……お前のいやらしい身体が！)

勃起をしごくと、放ちそうになって、あわてて指を止める。

「ねえ、クンニってわかる？」

翔子が声をかけて、君塚が答えた。

「わかりますが……やったことがありません」

「大丈夫よ。好きなように舐めて……でも、恥ずかしいからあまり見ないでね。ちょっと待って……」

翔子は枕明かりを調節して、照明を絞った。

「女性のあそこって、きれいなものじゃないから。失望しないでね」

「そんな……失望なんて、絶対にしません」

「ならいいんだけど……いいわよ。して……あまり見ないでね」

「はい……」

君塚は顔をおろしていき、すらりとした足の間にしゃがんで、陰毛の底に顔を寄せた。すると、翔子が自分から両膝を持ちあげて、クンニをしやすい体勢を取った。

(ああ、くそ……俺の前では、そんなことしてくれたことがないのに！)

功太郎はますます嫉妬を覚える。

持ちあがって開いた太腿の奥に、君塚が顔を埋めた。そして、無我夢中という様子で舌をつかいはじめた。

自分もそうだったからわかる。男は初めてのクンニでは、どうしていいかわからずに戸惑うものだ。わからないまま、夢中に舐める。

それを君塚がやっているのだ。

「ぁああ、そうよ……そう……上手よ。ぁああ、きみの舌、気持ちいい。上のほうに皮をかぶった三角のものがあるでしょ？」

「ああ、はい……あります」

「そこがクリトリスで、すごく感じるのよ。そこを舐めて……根元に指を当てて上のほうに引っ張ると、剝けるでしょ？　そこをじかに舐めて」

君塚が指で帽子を脱がし、本体に舌を這わせる。

翔子はクリトリスをじかに舐めると、すごく感じる。舌を打ちつけ、吸うと、一気に性感が高まるのだ。

「いいわ、上手よ。今度は吸ってみて。頬張って、チュー、チュー吸われると感じるの」

君塚が翳《かげ》りの底にしゃぶりついた。チューッ、チューッと音が立つほど吸われて、翔子の気配が変わった。

「ぁああ、そう……それ、いいの……ぁああ、あああ、もう、もう欲しい。君塚さんが欲しい！」

君塚が顔をあげて、どうしていいのかわからないといった顔をした。

「初めてだものね。ちょっと待ってね」

翔子が枕元に置いてあったコンドームの包みを破った。君塚を仰向けに寝かせると、肌色のスキンを器用に上からかぶせ、下までおろした。

それから、フェラチオをして濡らし、下半身をまたいだ。

その頃には、功太郎の頭のなかではキーンとした耳鳴りが響いていた。

(ついに、翔子が他の男のおチ×チンを……！)

やはり、やめさせたほうがいいんじゃないか？　しかし、ここまで来たんだから、やらせよう。

葛藤しているうちにも、翔子が君塚のいきりたちを導いた。

「……男になりたいよね？」

「はい……俺、翔子さんのことが……だから、すごく……ぁああ、くっ！」

君塚の言葉が途中で呻《うめ》きに変わった。

そそりたつものが翔子の体内に沈んで、姿を消していた。

「ぁああうぅ……！」

翔子も背中を反らせて、顔を撥ねあげた。

それから、ゆっくりと腰を振りはじめた。君塚の下腹部に足をM字に開いて座り、腰から下を前後に揺すっては、

「ぁあああ、硬い……硬いわ。すごく硬い……ぁああ、気持ちいい……」

そう喘ぐように言いながら、功太郎を見あげてくる。

功太郎にも、斜め下で男にまたがって腰を振る妻の姿が、はっきりと見えた。

翔子は腰を大胆に振りながら、じっと功太郎を見ている。

視線が合って、功太郎は身震いする。

嫉妬はある。怒りだってある。しかし、得体の知れない昂奮がそれを上回っていた。

(ぁああ、翔子のやつ、あんなにいやらしく腰を振りやがって……)

功太郎は欄間の隙間から覗きながら、いきりたちをしごいた。目が眩むような快感がひろがってくる。

(ああ、ダメだ。出てしまう……我慢だ。このあとで、翔子を貫くんだから、それまで射精するな!)

自分に言い聞かせた。

その間にも、君塚にまたがった翔子は両手を後ろに突いて、のけぞるように腰をつかっている。大きく足をM字に開いているので、黒々とした翳りの底に、君塚のイチモツが出入りしているのが見える。

翔子が腰を後ろに引くと、肉柱の見える面積が増え、前に放り出すようにすると全部が埋まり込む。

「ぁああ、いい……君塚さんは、どう？　気持ちいい？」

「はい……ぁああぅ、ぐにぐにしている。なかがぐにぐにしてる……ぁあああ、締まってくる。くっ……くっ……」

君塚が唸った

「もっと良くなるわよ」

そう言って、翔子が大きく腰をつかいだした。

両手を後ろに突いて、下腹部を前に突きだし、

「きみの、ほんとうに気持ちいいの……奥を捏ねてくる。ぁああ、すごい」

さしせまった様子で言って、翔子は腰をまわす。

「おおぅ……ダメです。出ちゃいます！」

君塚が訴えた。すると、翔子は上体を前に持っていき、君塚に折り重なるようにして、唇を奪った。

君塚の唇にキスをしながら、腰をくねらせている。

（ああ、いやらしいぞ。翔子、いやらしいぞ！）

さっきから先走りの粘液が滲んで、ブリーフと指を濡らしていた。先走りをこ

んなに出したのは、いつ以来だろうか？

翔子は唇へのキスをやめると、そのまま舌を顎から首すじ、胸板へと走らせ、乳首を舐めた。

これは、翔子がよく行なう性技だった。これをされたら、ほとんどの男は即座にＫＯされるだろう。

「ああ……天国だ。きっと俺は夢を……ぁあああ」

君塚がうっとりとして言い、目を閉じる。

（そうだろうよ。そうだろうよ……！　これは俺が教えたんだからな。俺が翔子に教え込んだテクニックだからな）

そのとき、翔子は顔をあげて、枝垂れ落ちた髪をかきあげた。

それから、上体を前傾させて、君塚に抱きつきながら言った。

「突きあげて……膝を曲げれば、動けるから」

次の瞬間、君塚が腰を曲げ、踏ん張りながら腰をせりあげた。

最初はぎこちなかったが、すぐにコツをつかんだようで、翔子の背中と尻をつかみ寄せて、ぐいぐいと腰を撥ねあげる。

肉感的な尻たぶの底に、ギンキンのものが入り込み、突きあげているのが見える。

「あっ、あん、ぁあん……ぁああ、すごいわ……キツい。キツいくらい……ぁああ、あんっ、あんっ……あんっ……」

翔子が甲高い喘ぎを洩らして、背中をしならせながら、顔をのけぞらせた。

（おお、あんなに感じやがって……！　たまらん。たまらん！　おおぅ、出そうだ！）

心のなかで叫びながら、勃起を夢中でしごいた。もっとよく見ようと、ついつい体を傾けたのがいけなかったのだろう。

ぐらっとして、落ちそうになり、欄間の下につかまろうとした。だが、つかみそこなった。いったん重心を失うと、人は倒れてしまうものらしい。

「ぁああ！」

素っ頓狂な悲鳴をあげながら、台を踏み外した。

気づいたときは、落ちながら襖をつかんでいた。

二つの部屋を隔てていた襖がその圧力に耐えきれずに、スーッとすべって、開いた。

功太郎は支えを失って、客間に倒れ込んだ。

4

客間の畳に転がって、とっさに飛び起きた。

「か、課長……！」

君塚が目をまん丸にした。

功太郎に気づいた翔子がとっさに結合を外して、布団に座った。

君塚のイチモツが、勢いよく臍に向かっているのが目に入った。コンドームが濡れている。妻の愛蜜で。

最悪の事態だった。これでは自分が覗き見していたことがばれてしまう。しかし、ここで下手に出たら終わりだ。

功太郎はとっさに居直った。

「下に降りてきたら、妙な声がするから、隣で何をしているか確認しようとしたら……。君塚！　俺の女房を寝取りやがったな！　どういうつもりだ、言ってみろ！」

功太郎は両腕を胸の前で組んで、すごんで見せた。

すると、君塚は畳に正座して、

「すみませんでした。すみませんでした！」

ひたすら頭をさげて、額を畳に擦りつけた。

君塚はこっちから仕掛けた罠に嵌まっただけなのだ。しかし、ここで事実を明かすわけにはいかない。可哀相だが、仕方ない。それに……。なぜか、パジャマの股間はすごい勢いでいきりたっている。

君塚が罪悪感に苛まれているのを見かねたのだろう。

「あなた。だってこれは……」

翔子が事実をばらしかけたので、それを制した。

「お前は黙っていろ！」

「でも……」

一糸まとわぬ姿の翔子が乳房を隠して、女座りをしているのを見て、強烈な欲望が湧きあがってきた。

「お前、俺の女房のくせに、自分から腰を振って、あんあん喘ぎやがって！　バツだ！」

翔子を押し倒し、パジャマのズボンをさげて、イチモツを剝きだしにした。

君塚に負けず劣らずいきりたっているものが誇らしかった。

それを見て、翔子がハッと息を呑むのがわかった。

こうなったらやるしかない。いや、やらずにはいられない。それほどに昂奮しきっていた。

功太郎は力任せに膝をすくいあげた。挿入しようとすると、

「ちょっと、いやです……」

翔子がそうはさせじと内股になって、言った。

「……事実を言います」

「はっ、事実って何だ？　お前は俺がインポ気味だから、欲求不満が嵩じて、俺の部下と寝た。それが事実だろう？」

「違うわ。あなたが君塚さんと……」

翔子がしゃべりかけたので、とっさにその口を手で封じた。そのまま、前に体重をかけつつ、屹立をぐいと突き入れた。

「ぁああおおっ……！」

女性器をくし刺しにされて、翔子が顔をのけぞらせる。

「ぬるぬるじゃないか。翔子のオマ×コ、ぐちゅぐちゅじゃないか。こんなに濡

らして……そんなに気持ち良かったか？　君塚としてそんなに良かったか？」

恨みがましい言葉がどんどんあふれてきて、止まらない。

翔子は口を手で封じられながら、無言で功太郎を見ている。アーモンド形の目は潤みきっていた。もしかして涙ぐんでいるのか？

功太郎は片手で口を封じながら、もう一方の手で足をすくいあげ、腰を叩きつけていく。

功太郎は覆いかぶさっていき、耳元で囁いた。君塚には聞こえないように、小声で。

「頼む。この場はこういうことにしてくれ。君塚にはあとでフォローしておくから。あいつを傷つけはしない。信用してくれ。ただ今は、翔子としたいんだ。ギンギンだろ？　俺のギンギンだろ？　頼むよ。翔子が好きだから、言っているんだ。頼むよ」

自分でもムチャクチャな論理だと思った。翔子が小声で言った。

「あとで、君塚さんにはちゃんと話してくださいますね」

「ああ、そうするよ。だから今は……おおぅ！」

吼えながら、打ち込んだ。

もう口を封じる必要はなく、両膝の裏をつかんで押し開きながら、激しいストロークを叩き込んでいく。

「あん……あん……あんん……！」

翔子が両手でシーツをつかんで、あからさまな声をあげた。

（そうら、翔子だって感じてるじゃないか！）

君塚は少し離れた距離で、畳に正座して、うつむいていた。裸なので、股間のものがギンギンになっているのが見える。

出ていかないのは、責任感のためだろうか？　自分が引き起こした事態なのだから、今ここを去るのは責任逃れだと感じているのだろう。

「君塚、頼みたいことがあるんだ」

「……な、何でしょうか？」

「お前のものを、翔子に咥えさせてやってくれ」

「はっ……？」

君塚がきょとんとした顔をした。

「いいから、やれ。事情を話しはじめると、長くなる。あとで教えてやるから。今はとにかくやれ。大丈夫だ。亭主の俺が言っているんだから」

「……それが、俺の償いになるんでしょうか？」

「ああ、なる。翔子のためにもなる……あとで詳しく教えてやる。お前が童貞を捧げた女だろ……大丈夫だ。翔子だって咥えたいんだ。そうだよな、翔子？」

翔子は何かを考えているようだったが、やがて、こくっとうなずいた。

「だろ？　ほら、フェラしてもらえ」

コンドームをとった君塚が近づいてきて、翔子の顔の横に膝を突いた。

すると、翔子が顔を横向けて、口を開け、いきりたっているものの先端を頬張った。

君塚が這うようにして、両手を反対側に突いたので、イチモツがぐっと奥まですべり込んでいき、翔子はそれを唇で招き入れている。

「君塚、腰を振れ。そうだ……こういうのをイラマチオと言うんだ。覚えておくんだぞ」

「はい……ぁあああ、吸わないで。くうぅぅ」

君塚が這ったまま顔をのけぞらせた。

さすが、翔子だ。いざとなると、功太郎の予想を超えてくる。

功太郎はゆっくりと腰をつかって、勃起を打ち込んでいく。

夫のものを受け入れながらも、その部下のイチモツを咥えさせられている翔子――。しかも、それをいやがらずに、むしろ嬉々として二本の勃起を受け入れているではないか。

「エッチな女だ。君塚のチ×チンを美味しそうに頰張りやがって……」

功太郎はそれを口に出すことで昂っている。

なぜこんなことで昂奮するのか、自分でもわからない。

男は愛する女を一人占めしようとするのが普通だ。もちろん、功太郎だって最初はそうだった。

だが、時間に経過するにつれて、マンネリ化を感じた。

自分がいくら頑張ってセックスをしても、タカが知れている。だが、翔子はもっと可能性を秘めている。自分以外の男を交えることによって、もっともっと翔子の性感を開発できる。そして、自分はそういう翔子を見たい。感じたい。

そんな気持ちがあるのかもしれない。

功太郎はすらりとした両足を伸ばさせて、V字に開く。ぐいぐい打ち込んでいくと、

「んっ……んっ……んっ……あおおぉ……」

翔子が、君塚のイチモツを頬張ったまま呻いた。気持ちいいのか、顔をのけぞらせている。

突くたびに、たわわで形のいい乳房がぶるん、ぶるるんと縦に揺れる。

功太郎は激しく突きながら、翔子の表情を見逃すまいとして、じっと観察した。

翔子は身体を前後に揺らしながら、必死に君塚の肉柱を頬張っている。

すっきりした眉を八の字に折って、口角から白い唾液の泡をこぼして、悲痛な表情で呻いている。

君塚もオスの本性を丸出しにして、口腔にイチモツを抜き差している。

翔子の凹んでいた頬がぷっくりとふくれあがっているのは、君塚のイチモツが頬の内側を突いているからだろう。

ハミガキフェラというやつだ。

翔子はこの形のフェラチオが嫌いではない。

君塚が腰を振るたびに、翔子の頬のふくらみが移動している。

「君塚、幸せ者だな。普通は筆おろししたその日に、ハミガキフェラなんてしてもらえないぞ」

声をかけると、

「ああ、はい……翔子さんに申し訳ない気がします。ゴメンなさい、こんなことして……」

君塚はどこまでもやさしい。すると、翔子がいったん吐き出して、

「大丈夫よ。わたしは大丈夫」

君塚にやさしい言葉をかけ、また自分からイチモツを咥える。

(クソッ……翔子のやつ、君塚にはやさしいな。惚れてるんじゃないか?)

そう思うと、嫉妬心が湧きあがってきて、ますますサディスティックな気持ちになる。

「君塚、お前はもういいだろ? そこで指を咥えて、センズリでもしてろ」

そう言って、翔子を半回転させて横臥させる。屹立は嵌めたままだ。

横向きになって、尻を突きだした翔子を、功太郎は上体を立てたまま、斜め後ろから突く。

右足を一歩踏み出して、翔子の下になった足をまたぐようにすると、いっそう結合が深くなった。

その姿勢で腰をつかうと、切っ先が深いところに嵌まり込んでいき、

「うっ……うっ……ぁああ、奥が……」

翔子が気持ち良さそうに眉を八の字に折った。

「翔子は深いところを突かれるのが好きだからな……君塚、覚えておけよ。この体位を」

「ええ？　ああ、はい……」

「だからと言って、もう翔子とはセックスさせないからな。他の女とするときに使えよ」

功太郎は右手で翔子の足をつかんで、ぐいぐいとえぐり込んでいく。ダイレクトに切っ先が子宮口を打ち、それが気持ちいい。

「あんっ……あんっ……あんっ……」

翔子が汗ばんだ裸身を揺らしながら、悩ましい声をスタッカートさせる。

（君塚の前で、俺に犯されるのはどんな気分なのだろうか？）

それを思うと、なぜか気持ちが昂る。

最後はバックからだ。

挿入したまま、翔子の身体をもう半回転させて、四つん這いにさせた。

翔子は上体を低くして、腰を高く持ちあげている。

見事にくびれた細腰をつかみ寄せて、激しく腰を打ち据えた。

翔子の尻は大きい。細腰から急峻な角度でひろがっているヒップは、丸々として発達しており、尻たぶの狭間のアヌスまで見える。

ペ、ペッと唾を指に吐きつけて、それをアヌスに塗り込んだ。

柔らかくマッサージすると、セピア色の可憐な窄まりが、ひくひくっと締まって、

「ぁああ……ダメ。そこはダメっ……」

翔子が言う。

「ほんとうはケツの孔が感じるくせに。君塚の前だから、格好つけてるんだな？　そうら、ひくひくしてるぞ。孔がひろがってきた。なかのピンクが見えるぞ」

アナルセックスをしたことはないが、翔子はここが強い性感帯だった。

「気持ちいいくせに。気持ちいいんだろ？　言いなさい」

「はい……気持ちいいの。ほんとうは気持ちいいの……ぁああ、ぁあああ」

翔子が本性を剥きだしにして、腰を揺らめかせる。

功太郎はまたウエストをつかみ寄せて、後ろから突いた。すると、翔子が右手を後ろに伸ばしてきた。

引っ張ってもらいたいのだ。そうしたほうが、衝撃が逃げずに、切っ先が深い

ところに届くからだ。

　功太郎は伸びてきた右腕をつかんで、後ろに引っ張った。

　そうしながら、激しく腰を叩きつけると、パチ、パチッと乾いた衝突音が響いて、

「あんっ……あんっ……あんっ……ぁあああ、キツいの。許して、もう許して」

　翔子が許しを請う。

　それが、翔子が気を遣る前の言葉であることはわかっている。

「許さないぞ。翔子のようなインラン女は許さない。そうら、イケ。君塚の見ている前で、気を遣るんだ。恥ずかしいやつだな。そうら」

　腕を引っ張りながら、渾身の力を込めて、叩き込んだ。

　翔子のただでさえ窮屈なミミズ千匹が、きゅ、きゅっと締まって、行き来する肉棹にからみついてくる。

「あん、あんっ、あんっ……ぁあああ、イキます。あなた、翔子、もうイク……イッていいですか？」

「いいぞ。俺も、俺も出す……」

　翔子の膣がきゅ、きゅっと強く締めつけてきた。気を遣るのだ。イク前は、い

つもこうやって膣が締まってくる。

見ると、君塚も射精する寸前なのか、唸りながら勃起をしごいている。

「君塚、出していいぞ。翔子がイクのを見ながら、出せ！」

君塚がいっそう激しく勃起をしごきだした。

「おぉ、翔子……！　好きだ。大好きだ！　そうら！」

見えてきた頂に向けて、駆けあがった。

最後の力を振りしぼって、イチモツを叩き込む。

「あん、あん、あんっ……ぁああ、イキます。イク、イク、イッちゃう……やぁああああぁぁぁぁぁぁぁ……！」

翔子が嬌声を張りあげて、のけぞり返った。

「おおー、翔子！　くっ……！」

駄目押しとばかりに後ろから打ち込んだとき、功太郎も放っていた。

熱い男液がしぶくのを感じながら、ぴったりと下腹部を押しつける。

「あっ……あっ……」

翔子はがくん、がくんと震えながら、皺が寄るほどにシーツを握りしめている。

功太郎も発作を起こすイチモツを留めたまま、射精の悦びに酔いしれる。

打ち終えて見ると、君塚も射精したようで、白濁液を撒き散らして、ぜいぜいと肩で息をしている。

翔子ががっくりと前に突っ伏していき、功太郎もそれを追って、体を重ね、髪のなかに顔を埋めこんだ。

第三章　部長妻は生け花師範

1

その夜、功太郎は格式の高い料亭で、営業部長の鵜飼政次《うかいせいじ》を前に姿勢を正して座っていた。目の前の座卓にはすでにフグの刺身が載っている。

突然、鵜飼部長から話があるからと、席を用意されたのだ。

(何なんだ？　もしかして、今度のプロジェクトのことか？　きみが発案者なのにリーダーにできなくて申し訳ない、とでもご機嫌をうかがってくれるのか？

いや、違うだろう)

鵜飼政次は五十八歳で、次期役員は確実と言われる切れ者だ。

これまでやさしい言葉などかけてくれたことがない、非情なマキャベリストだ。いずれにしろ、鵜飼ににらまれたら、功太郎の会社での将来はない。

戦々恐々としながらも、日本酒を呑み、フグの刺身を口に運んでいると、鵜飼がまさかのことを言った。

「ところで、きみは君塚俊夫を男にしてくれたそうだね?」

功太郎はドキッとして、どう答えていいのかわからず、正面の鵜飼を見た。

「きみには、明かしていいだろう。じつは、君塚俊夫は俺の甥っ子なんだよ」

「えっ……?」

啞然としながらも、確かめた。

「……君塚くんが、部長の甥なんですか?」

「ああ……女房の美寿々《みすず》の姉さんの息子でね。誤解するなよ。コネ入社じゃないからな」

「もちろん、そうでしょう。優秀な男ですから。それだったらそうとおっしゃってくだされば……」

「俊夫が俺の甥だと知ったら、きみだって扱いにくくなるだろう? だから、きみには内緒にしておいた」

そう言って、鵜飼はにやっと笑った。

六十歳を前にして、髪にはほとんど白髪はなく、顔もつやつやとして、まったく年齢を感じさせない。二重の目が悩ましく、悔しいが、男の色気がある。

しかし、さっきの言葉は？

「今、部長は君塚くんを男にしてくれて、と、おっしゃいましたが……」

疑問を口にすると、鵜飼が言った。

「俊夫から聞いたよ。あいつは俺には何でもしゃべるんでね。きみの奥さんが、俊夫を男にしてくれたそうじゃないか？　しかも、きみが奥さんにそうするように言ったそうだね？」

「ああ、はい……」

頭が混乱した。部長に叱責されるのか？　それとも……。

じつは、あのあとで、君塚に事の顛末を話した。

翔子に君塚を誘惑させ、童貞を卒業させるように指示し、それを、翔子は忠実に実行したこと。そして、功太郎は自分の女房が他の男に抱かれるのを見ると、とても昂奮すること……。

それを聞いて、君塚は罪悪感から解放されたようだった。

『悪かったな。お前を利用したみたいになって』

そう謝ると、

『いえ……俺、奥さんのようなステキな方に童貞を捧げられて、すごく幸せでした。ちょっとびっくりしましたけど……だけど、俺、すごく大人になった気がしています。ありがとうございました』

君塚はそう言って、頭をさげたのだ。

(しかし、まさか部長に話すとは……それ以前に、君塚が部長の甥だったとは)

問題を整理できないでいると、鵜飼が言った。

「誤解するなよ。怒ってるんじゃないぞ。むしろ、俊夫を男にしてくれたことに感謝している。あいつは才能はあるんだが、女関係はからきしダメでな。『二十三歳にして童貞だなんて恥ずかしいぞ。早く男になれ』とハッパをかけていたんだ。それがようやく……ありがとう。きみのお蔭だ」

部長に頭をさげられて、いたく恐縮した。

「……部長、私はたんに自分の……その……」

「ふふっ、ネトラレの趣味を実行に移しただけだと？」

鵜飼から「ネトラレ」という単語が出たことに驚いた。

「じつは、きみを呼んだのは、そのことに関係しているんだ」

「はっ……？」

「どうだ、うちの妻と寝てみないかね？」

鵜飼がにやっとした。

部長の口から発せられた言葉に、動転した。

あまりにも想定外で、どう対応していいのかわからない。

「うちの奥さんには会ったことがあるだろ？」

「ええ、社のパーティで何度か……おきれいな方で、見とれてしまいました」

鵜飼の妻の美寿々とはパーティでもその楚々とした和服姿は人目を引いた。年齢は三十九歳で、生け花の師範をしているはずだ。

和服の似合うおっとりとした色白の美人で、彼女の周囲だけは和やかな雰囲気に満ちていた。

(あの人を抱けるのか……？)

功太郎は胸のドキドキを抑えられない。

「うちのを抱いてみないか？」

ふたたび、部長が誘ってきた。

「……あんなおきれいな方なら、ぜひ……でも、部長はよろしいんですか？」

「私もきみと同じ趣味なんだよ。わかるだろう？」

鵜飼が同意を求めてきた。つまり、ネトラレ的性癖を持っているということだろう。

部長はむしろ女を独占して、言いなりにさせるタイプのように見えた。

もっとも、妻を自分に従わせることに悦びを感じているから、他の男に抱かせることができるのかもしれないが。

「それでだ……きみの奥さんをパーティで拝見したことがあるんだが、清楚な感じでいながら、そこはかとない色気があった。ステキな人だなと思っていたんだよ。どうだ、彼女も連れてきてもらえないか？」

「それは……」

功太郎は迷った。

鵜飼部長は、男としても魅力的であり、地位的にも自分より上だ。そんな男に抱かせたら、翔子は鵜飼に魅了されて、肉体ばかりか魂まで奪われてしまうのではないか？　自分の元に戻ってこなくなるのではないか？

この前は、相手が童貞の君塚だったからこそ、できたことだ。

鵜飼部長は危険すぎた。

しかし、もしかしてこれが、翔子と功太郎のターニングポインになるかもしれないとも思っていた。なぜなら、君塚に妻を抱かせてからしばらく、その余韻が残っているうちは、翔子を思う存分抱くことができた。

しかし、その印象が薄れた頃から、また、満足に勃たなくなっていた。

つまり、現在、夫婦生活は下降していた。

それが、ふたたびこのスワッピングによって上昇することは想像できた。社内での立場があがる可能性もあるだろう。相手は営業部長なのだから。しかし今、禁断の領域に足を踏み入れたら、二人はもう二度と戻れなくなってしまうような気がして、それが怖かった。

功太郎は迷った末に、こう言った。

「たいへん失礼な言い方ですが……翔子はこの前もすごくいやがっていましたし、スワッピングとなると難しいと思います。つまり、私が部長の奥さんを抱くのを見ていられないのではないかと……」

「まあ、そうだろうな。奥さんが納得できればいいんだろ？」

「はい……」

「じゃあ、こうしよう」

鵜飼が身を乗り出してきた。

「間もなくはじまるうちの緑茶ブランド化プロジェクト。じつは、プロジェクトリーダーをきみにしようか、生島にしようか、迷っていたんだ。あれを、きみにやってもらおうじゃないか」

「……ほんと、ですか？」

「ああ、きみが発案したんだから、それが自然だろう。誰も反対しないさ。どうだね、その条件で？　奥さんには『どうしようもないパワハラ部長がいて、お前をスワップに参加させたら、プロジェクトリーダーを任せてくれると言っている。そのプロジェクトが成功したら、出世の道が開ける。頼む。一生のお願いだ。俺は出世したいんだ。きみのためにも……』と切りだしたらどうだ？　夫の出世を願わない妻はいないだろう？　大丈夫だ。俺はウソをつかない。心配なら、美寿々の写真を撮っておいたらいい。俺が約束を破らないように……必ず、リーダーにしてやる。夫のために自分の身を投げ出すんだから、奥さんだって悪い気はしないだろう。ほんとうに自分の夫を愛しているなら、そうするんじゃないか？」

鵜飼が立て板に水でまくしたてた。

最初は無理だろうと思ったものの、部長の言葉には説得力があった。

(翔子も最初は拒むだろうが、愛する夫のために己の肉体を捧げることは、ある意味、女の幸せじゃないか？)

そうも感じたが、ここは、いったん保留することにした。

「部長がおっしゃることはわかります。ただし、翔子が何と言うか？　一度、妻と相談してからお返事するということで、よろしいでしょうか？」

「それで、かまわんよ。もし、奥さんがどうしてもいやだと言うなら、奥さんと本番はしないようにする。つまり、挿入はなしだ」

「ほんとうですか？」

「ああ、奥さんを抱くことが目的ではないからな」

「それなら、説得できるかもしれません」

「ただし、それでも、同意が得られなかったときは、きみのプロジェクトリーダーの件もなかったことになる。いいな？」

功太郎はうなずくしかなかった。

「話はそれだけだ。よし、そろそろフグのしゃぶしゃぶにするか」

鵜飼が手を叩いて呼ぶと、すぐに仲居がやってきた。

2

当日、功太郎は都心の高層ホテルのスカイレストランで、翔子とともに、鵜飼夫妻とディナーのテーブルを囲んでいた。

鵜飼は上機嫌で、さかんに翔子に話しかけている。

落ち着いた着物をつけた美寿々も、場を盛りあげようとタイミング良く言葉を挟んでいる。

翔子は作り笑いをして、取り繕っているが、きっと内心は不安でいっぱいだろう。

あれから、翔子に事情を話した。

翔子は最初はぽかんとしていたが、やがて、『絶対にいやです』と拒んだ。

鵜飼部長とは本番はしなくていいことを話し、さらに、翔子が参加してくれれば、自分は今度のプロジェクトリーダーに抜擢されることを告げた。

『あなたはわたしを愛していないんだわ。あなたは部長夫人を抱くことになるんでしょ？　それを認める妻なんて、いません』
翔子がそう言ったのは、ある意味当然だった。それを、
『俺だって、好きで夫人を抱くわけじゃない。しかし、部長もネトラレなんだ。
部長はそうしないと、夫人とセックスできないと言うんだ。もし翔子がいやなら、
翔子は見なくていい。だから、頼むよ。これには出世がかかっているんだ。翔子
だって、俺に出世してほしいだろ？　俺も出世して、翔子を楽にさせてあげたい
んだ。頼む、この通りだ。俺の会社での将来がかかっているんだ』
そう言って、頭をさげた。
『それだったら、わたしに内緒でこっそりとやってほしかったわ』
『だけど、鵜飼部長がきみのことを気に入っているようなんだ。しかし、本番は
しないと約束してくれている。翔子はただ愛撫に身を任せていればいい。あとで
俺が翔子を抱いてやる。思う存分、抱いてやる。だから、頼むよ。このとおりだ。
俺の出世がかかっているんだ。頼む』
功太郎は土下座した。
妻の前で土下座するなど初めてのことだった。しばらくして、翔子はこう言っ
た。

『少し考えさせてください。きっと世の中の奥さんは、こんなメチャクチャなことはしないと思います。でも、わたしは功太郎さんに恩義があります。父の借金を返してもらいました。ですから、しばらく考えさせてください。お願いですから、頭をあげてください』

その一週間後に、翔子は承諾の返事をくれた。

このスワッピングが上手くいけば、セックスでも、社会的にも二人の未来は開ける可能性がある。しかし、失敗したら、二人には離婚の危機まであると踏んでいた。

だから、功太郎としても最善の努力はしたい。しかし、スワッピングなど初めてのことで、まったくどうなるか想像がつかないのだ。

鵜飼も美寿々夫人も、この会のキーを握るだろう翔子のご機嫌を取ろうとするのは、よく理解できる。翔子次第なのだ。

翔子は今夜は、濃紺のシックなワンピースドレスを着ていた。

どんな気持ちでこのドレスを選んだのかわからないが、胸ぐりがひろく開いていて、たわわな胸のふくらみの上端がのぞいてしまっている。

丸々としたふくらみが中心に集まり、一部が密着していて、むんむんとした色香が匂い立っている。

背中もひろく開いていて、その陶器のような光沢を放つきめ細かい肌はこのレストランでも人目を惹いた。

目鼻立ちのくっきりした顔や、柔らかくウエーブした髪が散った肩、ほっそりしているものの、いかにも柔軟そうな二の腕……。

(うちの女房はこんなにも魅力的だったのか……！)

功太郎はあらためて、妻の美しさを感じ取っていた。

「ほんとうに翔子さんはおきれいでいらっしゃる。いや、お世辞じゃないですよ。倉石くんにとっても、自慢の奥さんですな」

鵜飼がにっこりした。

翔子ははにかんでいる。どうやら、鵜飼のことを嫌いではないようだ。

こんなとき、夫はどう答えればいいのだろう。ちょっと考えてから、返した。

「翔子は私の自慢の妻です。翔子と結婚できてよかったと、つくづく思います……ですが、美寿々さんの美しさにはかないません。お花の先生でいらっしゃるとか」

相手の連れも褒めるのが、礼儀だろう。

髪を後ろでシニヨンにまとめた部長夫人は、実際にきれいだから、お世辞を言う必要がない。

細面で、ととのった顔をしている。穏やかな雰囲気で、微笑を絶やさない。

きっと育ちがいいのだろう。

「じつは、主人と出逢ったのも、生け花教室だったんですよ。主人はわたしとは再婚なんですが、当時、結婚なさっていた奥様がうちの教室に通っていらして。それで、主人と知り合ったんですよ」

美寿々がちらっと鵜飼を見た。

「結局、彼女とは別れて、この人と再婚したんだが……不倫はしていないからな。誤解するなよ。ダブッてはいないから。もちろん、お花を活けている美寿々を見て、気持ちは動いていたけどな」

そう言って、鵜飼が笑った。

美寿々がそんな部長を見て、幸福そうに微笑んだ。

こんな夫婦がなぜスワッピングなどするのだろう。部長はスワッピングは三度目だと言っていた。おそらく鵜飼の趣味で、それを夫人は受け入れているのだろう。

「きみのところは、確か職場結婚だったね？」

鵜飼が話題を振ってきた。

「そうです。総務の花だった翔子を、私が口説き落としました」

功太郎は勇んで答える。

「二人は十五以上も歳の差があるだろう。翔子さんも思い切ったな」

鵜飼がちらりと翔子を見た。翔子が口を開いた。

「……歳の差は関係ありませんでした。功太郎さんにすごく真摯にプロポーズしていただいたので、躊躇はありませんでした。わたしも、功太郎さんと一緒になってよかったと思っています」

満点の解答だった。

「ほほお、羨ましいですな。倉石くんのことを愛していらっしゃるから、今回のことも応じてくださったんですな。倉石くん、きみもいい奥さんをもらったね」

鵜飼に言われて、

「はい、私にはもったいないくらいの妻です」

ここぞとばかりに褒めると、翔子ははにかんで、下を向いた。

（これはいい方向に行っているんじゃないか！）

鵜飼も夫人もそう思ったのだろう、顔を見合わせて、うんうんとうなずいている。

3

高層ホテルの三十八階の広々とした部屋の窓際には大きな応接セットがあり、中央には二つのセミダブルのベッドが置いてあった。

L字形のソファのあちら側では、さっきから、鵜飼部長が翔子の耳元で何か囁きかけ、太腿を撫でている。翔子はどうしていいのかわからないといった顔で、伏目がちに功太郎を見ている。

功太郎も翔子が気になってしょうがない。しかし、さっきから美寿々がズボンの股間を撫でてくるので、そこが力を漲らせつつあった。

「ねえ、ベッドに行きましょ」

美寿々が囁いた。

「はあ、でも……」

功太郎が部長を見ると、

「いいぞ。ベッドで美寿々をかわいがってやってくれ。翔子さんはここにいるから。きみも奥さんの姿をずっと見ていたいだろう。ただし、いい加減にはやらないでくれ。美寿々を精一杯感じさせてやってくれ。大丈夫だ、こっちは……翔子さんと本番はしないから。俺はただ、きみが美寿々とするのを見たいだけだから。きみも、俺と二人でいる奥さんを見て昂奮するだろ？　多少は触るかもしれないが、本番はしないから。わかったね？」

なるほど、それなら安心できる。

功太郎はうなずいて、美寿々とともにベッドに向かう。

言われたようにベッドの前に立つと、美寿々が功太郎の服を脱がしはじめた。

ワイシャツのボタンをひとつ、またひとつと外して、ズボンのベルトに手をかけた。

器用にベルトをゆるめ、ズボンをおろして、足先から抜き取った。

さらに、絨毯にひざまずいて、靴下も脱がしてくれる。

何だかぞくぞくしてきた。

三十九歳の部長夫人の所作は優雅で無駄がない。

生け花の師範ともなると、ごく自然に動作が洗練されてくるのだろうか？

シニヨンにまとめられた頭は襟足が見えて、やわやわとした後れ毛が艶めかしい。

ソファに目をやると、鵜飼が目を細めて、こちらを見ていた。妻の一挙一動を見逃すまいとして、じっと凝視しているのがわかる。

それでも、翔子の膝に置いた手で、ワンピースの上から太腿を撫でていた。

そして、翔子は鵜飼の手をつかみながらも、夫が服を脱がされる様子は見たくないというでも言うように深く顔を伏せている。

ブリーフだけの姿になった功太郎を、美寿々はベッドに誘い、自分は仰向けに寝た。

「着物は脱がなくて、よろしいんですか？」

「主人が、着物姿が好きなのよ。徐々に脱いでいくから、最初はこの格好で愛してください」

そう言って、美寿々は功太郎を抱き寄せて、唇を合わせてくる。

やさしいキスが、徐々に激しいものに変わっていく。

夫人はふっくらとした唇を合わせながら、舌をからめてくる。

その情熱的な接吻に、功太郎もその気になった。唇を重ねなから、片方の足で着物の裾を割ってみた。

するると、美寿々はキスをやめて「ぁああ」と喘ぎ、

「もっと……もっと激しく……」

功太郎を抱き寄せながら、股に入り込んだ膝を左右の太腿で挟みつけて、ずりずりと擦ってくる。

(そうか……多少、荒っぽくしたほうが感じるんだな)

功太郎は右手をおろしていき、古典柄の裾模様の散った裾をめくりあげ、緋色の長襦袢をはだけた。

小さな白足袋に包まれた足はすらりとしていたが、仄白い太腿はむっちりとして肉感的だった。

そして、驚いたことに、美寿々は下着をつけていなかった。

「恥ずかしいわ……主人に今夜は下着はつけるなと言われていて……」

美寿々がぎゅうと太腿をよじりたてた。

「すごく色っぽいですよ。さすが、ご主人……」

そう言いながら、翔子もノーパンで来させればよかったとも思ったが、妻が受けつけなかっただろう。

強引に手を押し込んで、太腿の奥に触れると、

「んっ……！」

美寿々がびくんとして、顔をのけぞらせた。

「……！」

功太郎は言葉を失った。

美寿々の女の器官が濡れていたからだ。すでに潤沢な蜜を吐き出していて、ちょっとさすっただけで、ぬるっ、ぬるっとすべる。

「ああ、恥ずかしいわ……濡れているでしょ？」

美寿々が顔をよじりながら言う。

「はい……すごく濡れていますね。ぐちゃぐちゃです」

言うと、美寿々は「ああ、恥ずかしい」と顔をいっそうねじ曲げた。

おそらく、他の男としているところを夫に見られているだけで、ここが濡れるのだろう。

最初からこうだったのか、それとも、鵜飼に仕込まれたのかはわからない。だが、鵜飼夫妻は夫だけではなく、妻のほうもスワッピングで燃えるのだ。

それがわかると、罪悪感のようなものがきれいに消えてなくなった。

潤みを指でなぞると、

「あっ……あっ……ぁああうぅ……いや、恥ずかしい」

そう口走りながら、美寿々は白足袋の踵でシーツを蹴った。

着物の裾が乱れ、緋襦袢もはだけて、むっちりとした太腿がのぞく。

功太郎はこれまで和服の女性としたことがなかったから、こんな色っぽい姿を目にするのは初めてだった。

(すごいな、これは……!)

そぼ濡れた恥肉はさするごとに潤みを増し、花開いてくる。そして、美寿々は「恥ずかしい、恥ずかしい」と譫言《うわごと》のように口走りながらも、白足袋でシーツを擦る。

翔子のことが気になって、ソファのほうを見た。

と、鵜飼が翔子を抱えるようにしてドレスの裾のなかに手を入れていた。

翔子はこちらを見たくないと言うように顔をそむけながらも、片足をソファにあげて、ひろがった太腿の奥を鵜飼にいじられている。

肌色のパンティストッキングのなかに、鵜飼の手が入っていて、濃紺のパンティの基底部を撫でているのがわかる。

そして、翔子はいやいやをするように首を振りながらも、ソファに載せた足は決して閉じようとはせずに、

「あっ……あっ……」

と、か細い声を洩らしている。

（ああ、翔子……！）

それを目にした途端に、部長に対する怒りと、嫉妬に似た感情が湧きあがってきた。美寿々にもそれがわかったのだろう、

「倉石さん、仰向けに寝て」

「えっ、ああ、はい」

功太郎が真新しいシーツに仰向けになると、美寿々が足の間にしゃがんだ。

ブリーフをおろして、足先から抜き取る。そして、今の衝撃で小さくなってしまったイチモツをつかんで、ぶんぶん振った。

柔らかな肉茎がしなって、腹部にぺちぺちと当たり、それが徐々に力を漲らせてくるのがわかる。

硬くなってきた分身を見て、美寿々は薄く微笑み、姿勢を低くして、舐めあげてくる。

裏筋をツーッ、ツーッと舌が這う。

美寿々の舌は潤沢な唾液にあふれていて、しかも、舌づかいが巧妙だった。

途中でジグザグに舌が動き、その間もしなやかな指で睾丸をやわやわとあやされる。

それから美寿々は、功太郎の足をぐっと持ちあげ、睾丸の下を舐めてきた。

蟻の門渡りだ。

睾丸から肛門へとつづく縫目を舌で刺激されると、そのむず痒いような感覚が分身に集まってきて、ぐんと力を漲らせてきた。

赤ちゃんがオムツを替えられるような格好で、肛門まで剝きだしにしていることが恥ずかしい。しかし、自分ごときの性器を部長夫人が舐めてくれているのだ。しかも、麗しい和服姿で。

「……気持ちいいです」

思わず言うと、美寿々は肉棹を握ってしごき、

「硬くなってきたわ、うれしい……」

足の間から、功太郎を見て微笑む。

（さすがだ。お淑やかでありながら、かわいい。愛撫も上手い！）

こういう女性だからこそ、部長は再婚に踏み切ったのだろう。

美寿々はまた裏筋を舐めあげ、そのまま上から頬張ってきた。

ぐっと根元まで咥えながら、なかで舌をからませてくる。喉元まで吸い込まれた分身が舌で摩擦され、その強い感触がイチモツを奮い立たせる。

「さすがです。美寿々さんはとてもお上手です」

褒めると、美寿々は見あげてにこっと笑い、もっとできるとばかりに顔を振りはじめた。

根元のほうにしなやかな指をからませて、ぎゅっ、ぎゅっとしごきながら、先端に唇をかぶせてスライドさせる。

これは効いた。

「うおお……！」

吼えながら、ちらっとソファのほうを見る。

驚いた。

いつの間にか鵜飼は後ろにまわり、膝の上に翔子を乗せて、そのすらりとした足を開かせていた。肌色のパンティストッキングに包まれた下半身があらわになり、翔子はいやいやをするように首を振りながらも、足を開脚されている。

パンティストッキングから濃紺のパンティが透けだしていて、その内側に入り込んだ鵜飼の手指が上下にすべり、円を描く。

時々、鵜飼のもう一方の手がドレスの胸元をつかみ、荒々しく揉みしだいている。

(翔子……！)

功太郎はその光景をどうとらえていいのかわからない。

呆然として眺めていると、鵜飼の指がドレスの大きくひろがった胸元に入り込んだ。じかに乳房を揉まれて、

「ぁあああうぅ……！」

翔子が声をあげて、口を手で覆った。

それでも、下腹部と乳首を同時に攻められて、

「くっ……くっ……」

抑えきれない呻きを洩らす。

明らかに感じていた。それを見せまいとして、必死にうつむいて顔を隠している。それでも、鵜飼の膝に乗った尻が微妙に揺れている。

(ああ、翔子、ほんとうは気持ちいいんだな。こんなに恥ずかしい状況でも、お

前は気持ち良くなるんだな）

そう感じた途端に、体に電流が走った。

「今、ビクッて……いいのよ。恥ずかしがらないで。愉しめばいいの」

いったん顔をあげて言った美寿々が、また顔を伏せて、イチモツを舐めてきた。

裏筋から亀頭冠の真裏にちろちろと舌を走らせ、上から頬張った。

今度は手を使わずに、口だけでイチモツを追い込んでくる。

「んっ……んっ……んっ……」

激しく唇をすべらせながら、同時に皺袋もあやしてくれている。

翔子はフェラチオが上手いが、美寿々は達者であると同時に、ひとつひとつの仕草に情感がこもっている。それに唾液が多く、舌がまろやかだ。

それ以上に、お花の師範が自分ごときのチ×チンを舐めてくれているという心理的な昂揚が大きい。

美寿々はちゅぽんっと吐き出して、自ら帯に手をかけた。金糸の入った帯のお太鼓結びをほどき、シュルシュルッと衣擦れの音をさせて解いていく。

帯を丁寧に畳み、それから、訪問着にも手をかけた。

着物を肩からすべり落として、脱いだ着物を持って衣紋掛けにかける。

燃え立つような緋襦袢を身につけていて、襟元の半襟と足袋だけが白く、緋色と白の対比が鮮やかだった。

美寿々は壁についている等身大の鏡の前で、結っていた髪を解いた。頭を振って髪を落とし、さらに、手でととのえた。

長い髪だった。

漆黒の髪が背中の半ばまで垂れ落ち、肩や前のほうにも散って、毛先が緋襦袢の胸のふくらみに届いていた。

美寿々は近づいてきて、ベッドに身を横たえ、両手を伸ばして求めてきた。

赤い襦袢に身を包み、黒髪が扇のように枕に散っていた。

女の艶めかしさに撃たれた。

(よし、今度、翔子にも着物を着せてやろう)

そう誓いつつ、覆いかぶさっていく。

優雅な顔を手で挟みつけるようにして、唇を奪った。

ふっくらとした唇を味わいながら、舌を差し出すと、美寿々も積極的に舌をからませてくる。舌と舌が交錯し、重なり合い、美寿々は貪るように唇を重ね、背中をぎゅっと抱き寄せる。

(すごいな、この人は……俺にも惜しみなく快感を与えてくれる。こういう女もいるんだな……)

翔子のことが気になって、キスをおろしながら、ソファのほうを見た。

すると、翔子はソファに座って足を開き、その前にしゃがんだ部長がクンニをしていた。

パンティストッキングとパンティはすでに脱がされ、あらわになった下腹部を鵜飼は舐めている。鵜飼の顔が左右に動き、ジュルルとそこを吸う音がして、

「んっ……んっ……ぁあああ、いやです……ぁあうぅ」

いやと言いながらも、翔子は身を任せている。

我慢すれば、功太郎の出世の道が開けると聞いて、夫のために必死にこらえているのだろう。そんな翔子が愛おしい。

だが、眺めているうちに、翔子の腰がもどかしそうに左右に振れ、前後にも動きはじめた。感じているのだ。

(そうか……我慢しているうちに、感じてきたんだな)

気持ちが昂り、緋襦袢の白い半襟をつかんで、ぐいと押し広げた。

「ぁああ、いやっ……！」

美寿々が胸元を手で押さえる。しかし、本心からいやがっているのではないことはわかる。きっとこうやって多少いやがったほうが、鵜飼はより昂奮するのだろう。いやいやと言いながらも、男の巧妙な愛撫に身悶えをしている。

功太郎は長襦袢をおろし、腕を抜かせた。

もろ肌脱ぎにさせると、真っ白でたわわな乳房がこぼれでた。

「見ないで……」

美寿々がとっさに乳房を隠した。その手をつかんで、顔の両側に押さえつける。

息を呑むような乳房だった。

翔子と遜色ない大きさで、しかも、丸々としたお椀形でむっちりと張りつめている。抜けるように色が白くて、青い血管が透けでていた。

魅入られたように、セピア色の突起に貪りつくと、

「ぁあうぅ……！」

美寿々が顎をせりあげた。

（ああ、この反応……！）

乳首を頬張って、舌をからみつかせていると、それが一気に硬くしこって、せりだしてきた。存在感の増した突起を上下に舐め、左右に弾いた。

すると、美寿々はそのひとつひとつに敏感に応えて、

「あっ……あっ……乳首が弱いの……ぁああ、はうぅ」

もっとしてとばかりに胸をせりあげる。

4

左右の乳首を交互に舐め、吸った。

強く吸うと、美寿々はそれが感じるのか、「ぁああ、いいのぉ」と声をあげて、がくん、がくんと腰まで震わせるのだ。

たわわな乳房は揉んでも揉んでも底が感じられずに、柔らかく指にまとわりついてくる。白絹のようだった肌が次第に赤らんできて、その桜色に染まった乳肌が悩ましかった。

乳輪が粟立って、粒々がいやらしい。

まだ赤子に吸われていない乳首はこれ以上は無理というところまで硬く、肥大化して、ねじると根元の皮膚がよじれる。

功太郎はキスをおろしていき、足の間に腰を割り込ませた。

膝を抱えあげると、真っ赤な長襦袢がはだけて、抜けるように白い太腿がひろがり、その中心に漆黒の翳りが燃えたっていた。

(ああ、これが部長夫人の……!)

幾重もの花びらが重なっていて、華やかな花弁のようだった。

そして、中心のほうは花蜜があふれて、いやらしくぬめ光っている。

「さすがは生け花の師範。あそこも薔薇のように華麗です」

言うと、美寿々が内股になって、

「もう、悪いご冗談はよしてください」

「いえ、冗談ではありません。実際に、美しい薔薇のようです」

そう言って、功太郎は顔を寄せた。

花園の内側に舌を走らせると、ぬるっ、ぬるっとすべって、

「あっ……あっ……ぁあんん……恥ずかしい」

美寿々がくなっと腰をよじった。

いさいかまわず舐めた。狭間にべっとりと舌を這わせて、ゆっくりと舐めあげる。

美寿々はこれも感じるようで、くぐもった声を洩らしながら、舌の動きにつれ

て下腹部を微妙に揺すった。

「気持ちいいですか？」

舌を接したまま訊くと、

「ええ……気持ちいいわ。あなたの舌、ステキよ。なめらかで、唾液が載っていて、すごく気持ちがいい……ぁああ、もっと、して……」

美寿々がせがむように腰をせりあげた。

ならばと、枕を持ってきて、腰に下に入れた。こうすると、腰があがって、クンニしやすくなる。

緋襦袢がはだけて、仄白い太腿がのぞき、足先の白足袋の白が緋色に映える。

顔を寄せて、薔薇の花の底のほうを舐めた。

わずかに口をのぞかせた膣口に舌を這わせると、そこは濃厚な風味があって、功太郎をかきたてる。

ひくつく孔にキスをして、舌をできる限り押し込んだ。舌の抜き刺しを試みると、ねちゃねちゃと舌が膣の浅瀬をうがっていき、

「ぁああ、それ恥ずかしいわ……いや、いや……ぁあああ、そんなに舌を入れないで……ぁああ、ぁあああぁぁぁ……」

美寿々は口ではそう言いながらも、枕に乗った腰をもっととばかりに突きあげて、濡れた粘膜を擦りつけてくる。

(そうだ。このままクリトリスを……)

思いついて、功太郎は右手の指を上方の肉芽に添えて、細かく振動させた。指先で陰核を刺激されて、

「ぁああ、こっちも……倉石さん、お上手だわ。どっちも気持ちいい。クリちゃんもあそこも……ぁあああ、あああうう、いいの。いいの……」

美寿々は喘ぐように言って、腰をぐいぐい突きあげてくる。

その頃には、功太郎のイチモツも戦闘準備をととのえていた。

ちらっと見ると、翔子がソファの前にしゃがんで、鵜飼のイチモツをしゃぶっていた。

(ああ、くそっ……やけに一生懸命にフェラしてるじゃないか!)

また嫉妬心が湧きあがってきた。

それと同時に、功太郎のイチモツもぐんぐんと大きさを増す。

(そうか……スワッピングは相手に負けまいとする気持ちがパワーとなって、おチ×チンをギンギンにさせるんだな)

翔子の唇が上下にすべり、部長のイチモツが猛りたっているのがわかる。なかなか太くて、立派なお道具をお持ちのようだ。

あんなものを翔子のオマ×コに入れられたら、困る。しかし、挿入はしないという約束だから、そういう意味では安心できる。

(まさか、部長、約束を破ったりしないだろうな)

そういうことが起こる前に、タッチ交替したい。

「ぁああ、倉石さん……そろそろ、欲しい」

美寿々が挿入をせがんできた。

いい流れだ。

「部長、よろしいですね?」

念のために、おうかがいを立てた。

「ああ、入れてやってくれ。美寿々はもう欲しくて欲しくて、たまらないようだ。そのヌレヌレマ×コにがっつりと嵌めてやってくれ」

翔子にイチモツを舐めさせながら、鵜飼が言った。その目はギラギラして、獣染みていた。

功太郎は顔をあげて、美寿々の膝をすくいあげた。

真っ赤な長襦袢がはらりと落ちて、漆黒の翳りがあらわになる。腰枕をしているから、膣口の位置もよく見える。しとどな蜜をこぼす膣口に慎重に切っ先を押し当てて、ゆっくりと腰を入れながら、膝を放した。

亀頭部が熱く滾った女の道を押し広げていき、

「ぁあああ……くうぅ！」

美寿々が両手でシーツをつかんで、顎をせりあげる。

「おお、くっ……！」

前に手を突きながら、功太郎も唸っていた。

なかはとろとろに蕩けていて、それがうごめきながら勃起にからみついてくるのだ。

（これは、すごい……！）

翔子もミミズ千匹なのだが、美寿々も翔子に負けず劣らずで、なかの柔らかなふくらみのようなものが波打っている。

やはり、年齢が三十九歳で、オマ×コも熟れているのだろう。こんなにとろとろした内部は初めてだった。

じっとしていても、気持ちいいのだから、ピストンしたらすぐに発射してしまうのではないか？

しばらく抽送をためらっていると、美寿々が自分から足を功太郎の腰にまわして、濡れ溝をぐいぐい擦りつけ、

「ぁあぁ、意地悪しないで……して、動かして……して」

下から、とろんとした目を向けてくる。

「行きますよ」

功太郎はおずおずと腰をつかう。

もろ肌脱ぎで、あらわになった上体を抱き寄せながら、腰を打ち据えた。徐々にストロークを強くしていくと、イチモツが蕩けたような肉路を擦りあげ、粘膜がざわつきながらからみついてきた。

「お、くっ……！」

功太郎は射精しそうになって、奥歯を食いしばる。

「ぁあぁ、いいの……もっと、もっとちょうだい。いいのよ、すごく……あなたのおチ×チン、すごくいいの……ぴったりなの」

美寿々が下からしがみついてきた。

「奥様……！」

功太郎は唇を重ねていき、キスをしながら腰を振った。

すると、美寿々はいっそう高まったのか、功太郎の舌を吸う。

強く腰を叩きつけると、キスをしていられなくなったのか、顔をのけぞらせて、

「あんっ、あんっ、あんっ……」

両手を赤子のように顔の両側に置いて、甲高く喘いだ。

(これは、絶対に演技じゃないよな。そうか、俺は部長夫人をこんなに悦ばせている!)

功太郎もだんだん乗ってきた。

たわわな乳房をつかみ、揉みしだきながら、つづけて腰を叩きつけた。屹立がズンッと深いところに届き、

「あんっ……あんっ……ぁあああ、イキそう……イキそうなの」

美寿々が今にも泣きださんばかりの顔で訴えてくる。

功太郎はちらっと鵜飼のほうをうかがった。

部長は翔子に肉棹を頬張らせながら、じっとこちらを見ていたが、

「妻をイカせてやってくれ」

こちらに向かって、うなずいた。

功太郎はもっと強く打ち込もうと上体を立てて、両膝をすくいあげた。

膝の裏をがっちりとつかみ、ぐいぐいと打ち込んでいく。

「ぁあぁ、いいの、いいの……あなた、わたしイクわ。イッちゃう！」

美寿々が鵜飼のほうを見た。

「いいんだぞ。気を遣って……すぐに俺が代わるからな。ギンギンのチ×コをぶち込んでやる。いいな？」

「はい……うれしい！」

「気を遣るところを俺に見せろ。美寿々は夫の見ている前で気を遣る恥ずかしい女だ。そうだな？」

「はい……わたしは主人の前で気を遣る恥ずかしい女です……ぁあああ、いいの。いいのよぉ。もっと深く突いて！　美寿々をメチャクチャにして……ぁあああ、あん、あ、あんっ……」

功太郎はここぞとばかりに一気に攻めたてた。

膝裏をぎゅっとつかんで持ちあげながら開かせ、あらわになった薔薇の花に勃起を打ち込んでいく。

上から打ちおろしながら、途中からしゃくりあげる。

切っ先が天井を擦りあげながら奥へと届いて、ふくれあがった粘膜のからみつきが、功太郎の動きに拍車をかけた。

すべての力を振り絞って、打ち据えた。

「あん、あん、あん……ぁああ、イクわ……イク、イク、イキます……いやぁあああああああぁぁぁぁぁ、くっ！」

美寿々がシーツを鷲づかみながら、大きくのけぞり返った。

それから、がくん、がくんと震える。

昇りつめているのだ。

だが、功太郎は射精をぐっとこらえる。相手のパートナーには中出ししないのがルールだ。

功太郎が膝を放しても、美寿々はいまだ痙攣がおさまらずに、エクスタシーの到来を味わっていた。

5

功太郎が離れると、それを待っていたように鵜飼がやってきた。

いつの間にか裸になっていた。そして、股間のものは臍を打たんばかりにいきりたっている。

ぐったりと横たわっている妻の耳元で何か囁き、ちゅっと唇にキスをした。それから、ベッドに仁王立ちした。

美寿々が緋襦袢を脱いで、白足袋だけの姿で前にしゃがみ、いきりたちを頬張りはじめた。

妻にしゃぶらせながら、部長が言った。

「倉石くん、よく頑張ってくれた。奥さんをかわいがってあげなさい。そこのベッドを使っていいから」

うなずいて、功太郎はソファに近づいていく。ぐったりして座っている翔子の頭を撫でて、

「偉いぞ、よく我慢したな」

声をかけると、翔子は潤んだ瞳をあげて、抱きついてきた。

翔子はしがみつきながらも震えていて、そんな妻がますます愛おしくなった。

「好きだよ」

ぐっと抱き返すと、翔子の震えが徐々におさまっていった。

二人でバスルームに向かい、翔子は裸になった。

それから、バスルームで翔子はシャワーを出し、功太郎の体を洗い清めてくれる。とくに肉柱はソープを使って念入りに洗ってくれた。まるで、美寿々の汚れを清めるように。

その間も、功太郎のイチモツは誇らしく思うほどにいきりたっている。

「貸してくれ。翔子の身体も清めてやる」

シャワーヘッドを受け取って、翔子の美しい裸身を洗う。

とくに、股間は念入りに清めてやった。鵜飼にはクンニされただけだ。それでも、肉体は準備をととのえていたのだろう。そこは媚肉と呼んで相応しいほどにふっくらとして、狭間にはねっとりとした蜜があふれていた。粘膜に指を添えると、

「あっ……くっ……ぁああ、これが欲しい」

翔子はとろんとした目で、功太郎の勃起を握ってきた。

「じゃあ、ここでやるか？　ここなら、二人の目もないしな」

「欲しいわ」

翔子がうなずいた。

「その前に、翔子に舐めてもらいたい。いいか？」

言うと、翔子は前にしゃがみ、功太郎のいきりたちをもう一刻も待てないとばかりに頬張ってきた。

大胆に咥え込んで、何かに背中を押されているように激しく、情熱的に唇をすべらせる。

「お前は最高の女だ」

気持ちを伝えた。すると、翔子は見あげてにこっとした。その笑顔で、功太郎も不安が吹き飛んだ。

翔子は今、すべてを許してくれている。きっとそうだ。そう思いたい。

「気持ちいいよ。翔子のフェラがいちばんだ」

髪を撫でながら言い聞かせた。

と、翔子は顔を斜めにして、亀頭部を頬の内側に擦りつけた。片方の頬がリスの頬袋のようにぷっくりとふくらみ、それが移動する。

今度は反対側の頬に擦りつける。

一生懸命に愛情を示す翔子が愛おしくてならない。

これも、スワッピングをしたからだ。一線を越えたら、こんな気持ちになるなんて……。

やはり、何事も挑戦しなければいけないのだ。チャレンジすれば、想像以上の甘美な体験が待っている。

翔子としてもきつかっただろう。夫が他の女とセックスするのを見ていたのだから。

「つらかったな。だけど、もう二人きりだ」

そう言って、功太郎は真っ直ぐに喉を突いた。

翔子は苦しげにえずきながらも、決して吐き出そうとせずに、肉棹を頬張っている。

「ぁああ、翔子……お前のなかに入りたい」

訴えると、翔子は吐き出して、立ちあがった。

くるりと後ろを向き、バスタブの縁につかまって、尻を後ろに突きだしてくる。

肉感的なヒップが張りつめて、双臀の奥には可憐なアヌスが芽吹き、その下にはふっくらとした二枚貝が息づいていた。

それはわずかに口を開き、透明な潮を吹いている。

いきりたちを押し当てて、一気に貫いた。熱く滾る肉路がぎゅ、ぎゅっとから

みついてきて、

「ぁあああ……！」

翔子がのけぞった。

窮屈で、吸引力も強い。やはり、翔子のここがいちばんだ。

なめらかな背中をしならせている翔子の肩をつかんだ。ぐいと引き寄せながら叩きつける。

「あんっ……あんっ……あんっ……」

翔子はがくがくと揺れながら、バスタブの縁をつかみ、もっとちょうだいとばかりに尻を突きだしてくる。

「奥に欲しいんだな？」

「はい……奥に……翔子をメチャクチャにして」

翔子が美寿々と同じことを言った。女性にはそういう願望があるのだろうか。

「よおし、メチャクチャにしてやる！」

肩をつかみ寄せて、腰を激しく打ち込んだ。バチ、パチンと音がして、

「あんっ、あんっ……ぁあああ、功太郎さん、いいの。すごくいいの……わたしのものよ。功太郎さんのおチ×チンはわたしのものよ」

翔子がうれしいことを口にする。

「ああ、そうだ。俺のおチ×チンは翔子のものだ。翔子だけのものだ」

今度は、くびれた腰をつかみ寄せて、大きなストロークで叩き込んだ。

窮屈だが熱く滾っている肉路をいきりたちが深々とうがっていき、功太郎も快感が高まる。

だが、それよりも翔子ほうが昂るのが早かった。

「ぁああ、イキそう……功太郎さん、イキそう……」

さしせまった様子で訴えてくる。

翔子がこれだけ早くイキそうになるのも珍しい。やはり、鵜飼にあそこをいじられ、太棹を頬張らされて、翔子自身も高まっていたのだろう。

「いいぞ。イッていいぞ。イキなさい」

激しく突いた。

「イク、イク、イッちゃう……うはっ！」

翔子はがくがくと震えながら、腰を落とす。

だが、功太郎はまだ射精していない。

ここまで来たのだ。どうせなら、ベッドでしたい。そうすれば、鵜飼夫婦が隣のベッドでまぐわっているところを見るという体験ができる。

「翔子、ベッドに行こう」

耳元で囁くと、

「いや、恥ずかしいわ……ここでいい」

「ベッドできみをじっくり愛したいんだ。あちらの二人のことは気にしなくていいから。頼むよ」

懇願すると、翔子が小さくうなずいた。

後ろから繋がったまま、翔子を歩かせた。バスルームを出て、性器を嵌めたまま、翔子を押していく。

ベッドにたどりつくと、隣のベッドでは、四つん這いになった美寿々を、部長が後ろから貫いていた。

鵜飼はちらっと二人を見てほくそ笑み、無言のまま美寿々を後ろから強く突いた。

白足袋だけをつけた美寿々は、下を向いたたわわな乳房を豪快に揺らして、

「あん、あんっ、あんっ……ぁああ、すごい！　突き刺さってる。カチカチよ。カチカチがお臍まで届いてるぅ」

こちらのことなどもう気にならないといった様子で、しどけない声を放ち、シーツを握りしめている。

それなら、こちらも同じ体位で行きたい。

翔子をベッドにあげて、功太郎もつづく。翔子を同じように這わせて、後ろから突き刺していく。ぐいぐいストロークすると、

「んっ、んっ、んっ……」

翔子はくぐもった声をこぼした。

やはり、隣のベッドを気にしているのだろう。突かれるたびに、裸身を前後に揺らせながら、喘ぎを押し殺す。功太郎は覆いかぶさるように、脇から手をまわして乳房をとらえた。

柔らかくしなるふくらみを揉みしだき、硬くしこっている乳首をつまんで転がした。

「ぁああ、いいの、いいの……ぁああ、恥ずかしいわ……でも、いいのよぉ……突いて。思い切り突いてください！」

その何かが吹っ切れたような言い方が、功太郎をその気にさせた。

「おおぅ、翔子……ガンガン突いてやる」

右足を踏み越して、少し前に出す。こうすると、いっそう挿入が深くなる。

右足を前に出し、尻をまたぐようにして腰をつかうと、

「ぁあああ、深いの……突いてくる。奥を……ぁあああ、なかから押しあげられる。功太郎さん、すごい。すごい……」

翔子がさしせまった声をあげて、シーツを鷲づかみにした。明らかに隣の部長夫人を意識していた。

「ぁあああ、あなたのすごい。お臍まで届いてる。イキそう。美寿々、またイキそう！」

隣のベッドから、美寿々の声が聞こえる。

女性二人で競い合っているような喘ぎ声の競演が、功太郎をかきたてた。

（えい、こうなったら、翔子も美寿々もイケばいい。そうら、翔子、イクところを見せてやれ！）

心のなかで訴えて、遮二無二腰を叩きつけた。

二つのベッドが弾み、軋んでいる。

「あん、あんっ、あん……」

「ぁあああ、あなた、イクわ……」

翔子と美寿々の艶やかな喘ぎが交錯した。二人の喘ぎがからみあうようにして高まっていく。

「ぁああ、あなた、イキます……いやぁあああああぁぁぁ!」

美寿々の嬌声が聞こえ、功太郎は今だとばかりに強く打ち据えた。屹立が深々とえぐっていき、

「ぁあああああ、イキます……功太郎さん、イキます!」

「そうら、イケ。俺も出す!」

功太郎が最後の力を振り絞ったとき、翔子が「いくぅ」と背中を弓なりに反らして、がくっ、がくっと躍りあがった。

駄目押しとばかりにもう一太刀浴びせたとき、功太郎も放っていた。

それはこれまでのどの射精よりも鮮烈で、功太郎はしぶかせながら、脳天に響きわたるような絶頂を感じていた。

第四章　目隠しされた恋人

1

緑茶ブランド化プロジェクトがスタートして、功太郎は多忙な日々を送っていた。

鵜飼部長は約束を守り、功太郎をリーダーに指名した。

そのために、翔子を提供したのだから、ある意味当然だった。だが、たんなる口約束だったのだから、しかとすることもできたのだ。

しかし、鵜飼部長はきちんと約束を実行した。

身を投げ出してくれた翔子のためにも、この仕事はきっちりとこなしたかった。

プロジェクトを成功させて、昇進の礎を作っておきたかった。

これは、鹿児島の緑茶をさらにブランド化する計画であり、功太郎は地元でもある鹿児島と東京を忙しく行き来していた。

常に仕事が頭にあって、翔子をあまりかまってやれなかった。だが、翔子は自分の働きで、夫がリーダーに任命されて、充実した日々を送っていることを喜んでくれているようだった。帰宅したときも功太郎に余計な気をつかわせないように、甲斐甲斐しく働いてくれた。

『翔子と一緒になって、よかった』

声をかけると、翔子もうれしそうで、

『わたしも……あなたのためになれて、充実しているんですよ』

にっこりした。

夜の営みもそれなりに上手くいっていた。

部長にクンニされて感じていた翔子を思い浮かべると、あそこが硬くなり、また、愛情も濃くなって、きっちりと翔子を抱くことができた。

その日は鹿児島出張で、お茶を生育する農家と話を詰めて、ホテルに帰り、君塚俊夫と一緒に夕食を摂った。

君塚は右腕的存在として、出張にも連れてきていた。『甥っ子を育ててくれ』という鵜飼部長の後押しもあった。

ホテルのレストランで、生マッコリを呑みながら、かごしま黒豚のシャブシャブを食べていたとき、いきなり、君塚が言った。

「あの……これは先輩だから話すんですが……俺、彼女ができました。恋人ができました。課長のお蔭です」

「えっ……？」

驚いて、シャブシャブをする手が止まった。

「よかったじゃないか！　ついにやったな！」

ふたたび、豚肉をお湯に潜らせ、鍋から出した黒豚をつけ汁につけて口に入れる。

（美味しい……）

だが、それ以上に君塚に恋人ができたことがうれしい。

翔子に童貞を奪わせた甲斐があるというものだ。

「で、相手は？　俺の知ってる女か？」

知らずしらずのうちに身を乗り出していた。

「いえ……取引先の派遣で、俺と同じ二十三歳で、小林清香《こばやしさやか》と言います。清い香りと書いて、さやか、です」

「ほお、清純そうな名前だな。実物はどうなんだ？」

「ええ、名前のとおりにすごく爽やかで、清らかです。でも、清らかすぎるって言うか……」

君塚が妙なことを言った。

「清らかすぎるって……まさか、抱かせてくれないとか？」

功太郎の考えることと言ったら、このくらいだ。

「いえ、そうではありません。もう何回か、抱かせてもらいました」

「なら、いいじゃないか」

「それがそうでもないんです」

「どういうことだよ？」

「じつは……」

君塚が顔を寄せて、小さな声で言った。

「彼女、セックスであれを入れたとき、すごく痛がって……」

「それはあれだろ？　あまり経験がないんじゃないか？　お前が初めての男で、

まだ開発されてないんだろう」

「それが、そうでもないんです……」

君塚が眉をひそめた。君塚によれば、清香はもう何人か男性経験はあるらしいのだが、誰としても痛くて、快感を得るまでには至らないのだと言う。

「俺もどうしていいのかわからなくて。それで、課長にご相談しようと……課長はいろんな意味で人生の師匠ですから」

「ううん……」

功太郎は解決のために、いろいろと訊いた。

膣が小さすぎるのではないか？　濡れてないんじゃないか？　愛撫はちゃんとしているのか？

君塚は、そのどれも否定した。確かに膣は小さいような気がするが、愛撫はじっくりしているし、潤滑剤もいっぱい出ていると言う。

「それは、確かに妙だな……。そうなると、本人に確認するしかないな……」

いい考えが浮かんだ。じつは、その清楚な二十三歳の女性に逢ってみたかったのだ。

「どうだ、今度、清香さんと逢わせてくれないか？　こういう微妙な問題は実際にいろいろと訊かないとな……どうだ？」

「……どうでしょうか？　彼女が何と言うか？　清香はそのことにコンプレックスを感じているし、恥じていますから」

「だけど、今のままじゃ、どうしようもないだろ？　いいセックスができないと、男女はすぐに別れてしまうことになる。俺がそのためにどれだけ努力をしているか……とにかく、逢わせろ。心配なら、君塚も来ればいいじゃないか？　お前が同席して和ませてやれば、彼女だって……違うか？」

君塚は押し黙ってしまって、返事をしようとしない。

「言っておくけど、俺は自分の妻をお前に抱かせたんだからな？　忘れていないだろうな？」

切り札を出した。

君塚は、「彼女がOKしたら、そうします」と答えた。

「ホテルの部屋でも取っておいたほうがいいかもな」

「どうしてですか？」

「それは、決まってるじゃないか。たとえばだよ、二人でそういうことをしてもらって、俺が観察して、これというサジェスチョンを与えるということもできるだろう？」

「ええ？　課長の前でするんですか？」

「そうだよ。俺だって、君塚の前で妻とやっただろ？」

「それはそうですが、あれは課長の趣味だから……」

「いやなら、いいんだぞ。勝手にしろ」

冷たく突き放してみた。

「ああ、それは困ります」

「なら、俺の言うことを聞けよ。お前が今、新人なのにプロジェクトに加えてもらっているのは、誰のお蔭だ？」

「わかりました。しますよ。すればいいんでしょ？」

君塚が若干切れた。

「わかればいいんだ。だが、話だけでは上手くいかないこともあるだろうし、その際は実践指導するしかないだろうな。大丈夫だ。大船に乗った気でいろ。俺が解決策をひねりだしてやるから。お前は俺のかわいい部下だしな。清香さんに了承もらったら、連絡しろよ。返事は！」

「はい……」

「よし、今夜は鹿児島の黒豚を堪能しようか」

功太郎は生マッコリを君塚のコップに注ぎ、肉をお湯に潜らせ、ゴマダレで口に運ぶ。

君塚が生マッコリを呑むのを見ながら、功太郎は下腹部が力を漲らせるのを抑えられなかった。

2

二週間後、功太郎は都心の高層ホテルの一室で、君塚とその恋人の清香と三人で逢っていた。ダブルの部屋で大きなベッドがひとつあり、窓際には応接セットが置いてあった。

小林清香は、君塚の爽やかで清らかだという言葉どおり、清楚で厭味のない美人だった。

紹介されたときには、想像以上の清楚な美しさに圧倒され、一瞬、口ごもってしまったほどだ。

今もホテルの部屋で、功太郎は一人用の肘掛けソファに、二人はロングソファに腰かけている。清香は空色のワンピースを着て、足をぴったりと合わせ、斜めに流していた。

その姿は清純そのもので、真ん中分けのストレートロングの髪がかかる顔は、ととのっていて、非の打ち所がない。

華やかと言うよりは、大人しくて清らかな雰囲気で、功太郎が理想とするタイプだった。まさにタイプもタイプ、ドストライクだった。

もしも、彼女が腹心の部下の恋人でなければ、絶対にダメもとで声をかけていた。

清香には、恋人のお世話になっている上司と、面談するということで緊張感がありありとうかがえた。その初々しさがたまらなかった。しかし、ここはリラックスさせて、和んだ雰囲気を作りたい。

「清香さんは、郷里はどこなの?」

「青森市です。高校まで青森にいて、大学入学を機に上京しました。だから、すごい田舎育ちなんです」

そう言って、清香がはにかんだ。

言葉の選び方も話し方も、文句のつけようがない。

「青森市なら、田舎じゃないよ」

「そうでしょうか？　東京に出てきたときは、ナマリを直すのにすごく苦労しました。今も、時々出ちゃうんですよ」

にこっとすると笑窪ができて、清楚さに可憐さが加わる。

（いい子だ。美人だし、頭も良さそうだし、気持ちもやさしい。君塚もいい女を恋人にしたな）

そんな気持ちを込めて君塚を見た。

「課長、何ですか？」

「いや、清香さん、素晴らしい人だと思ってね。お前にはもったいないよ」

「はい、俺もそう思います」

君塚が即答した。

「おいおい、早速、おノロケかよ。熱いな……」

「よしてくださいよ」

君塚が頭を掻いた。そんな君塚を、清香が眩しそうに見ている。

清香も君塚のことが大好きなのだと思った。

相思相愛なのに、セックスが上手くいかないというのは悲しい。どうにかして解決してやりたい。

その前に、もう少し親しくなっておきたい。

「青森と言えば、ねぶた祭りだな。あの祭りが好きで、もう何度か行ってるよ」

言うと、清香が身を乗り出してきた。

「うれしいです。じつはわたし、小さな頃から跳ねていたんですよ」

「ああ、あれはいいね。そうか……ハネトをしていたのか。そうだよね。青森の子なんだから……いいね。清香さんが跳ねているところを見たかったな」

「来年も、ねぶたに参加して、俊夫さんと跳ねようかと思っているんですよ。もし時間があったら、観に来てください。その気がおありなら、一緒に跳ねられますよ」

「いいね。跳ねてみたいよ……そうか。もしかしたら、きみは想像よりもずっと活発な子なのかもしれないね」

「……そうかもしれません。わたし、外見が大人しそうだから……でも、ほんとうはとても我が儘だと思います」

これは心を開いてくれた証拠だ。

「よし、君塚。来年は一緒に跳ねるか？」

「はい……そうしましょう。今から愉しみですよ」

その後も、青森の話をして、雰囲気が和んできたところで、功太郎は切りだした。

「じゃあ、そろそろ……まずは二人でシャワーを浴びてきなさい。俺もあとで浴びるから」

清香が君塚をすがるような目で見た。

「恥ずかしいわ、やっぱり……」

「俺だってそうだよ。だけど、これは俺たちが絶対にクリアしなければいけないことだからね。ずっと今のままだったら、来年のねぶたはないかもしれない」

君塚がきっぱり言った。

「それは、いや。俊夫さんとずっと一緒にいたい……わかりました。恥ずかしいけど、俎の上のコイになります。何でもしますから、遠慮なさらないでください」

「じゃあ、行こうか」

君塚が清香とともに、二人で仲良くバスルームに消えた。

(ううむ、そうは言ったものの、具体的にどうしたらいいか？　そうだな、まず

は二人にやってもらって、それを見て、考えるしかないな）

やがて、二人が出てきた。

備えつけの白い薄手のバスローブをはおった清香は、ストレートロングの髪が肩や背中に散って、清楚ななかに初々しいお色気が感じられた。

「じゃあ、俺もシャワーを浴びてくるから。その間に、二人はいつものように、愛の交歓をしていてくれないか？」

「愛の交歓って、言いますと？」

「知らないのか？　セックスのことだよ。俺がそれを見させてもらって、アドバイスをする。だから、もう初めてくれ。俺は出たら、静かに見守っているから。気配を消しているから、ジャマにはならないさ」

そう言って、功太郎はバスルームに向かう。

服を脱いで、裸になり、シャワーを浴びた。不必要だなと思いつつも、股間をきれいに洗う。

すると、そこがむくむくと頭を擡げてきた。やはり、この前、鵜飼夫妻とスワッピングをして、ここがその悦びを覚えてしまったようだ。

だが、完全勃起とはいかず、そのへんがかわいいところだ。

シャワーを止め、濡れた体を拭いて、用意されていたバスローブをはおった。

静かにドアを開けて、気配をうかがう。すると、

「んっ……んっ……ぁああ、恥ずかしいわ……」

清香の押し殺したような声が聞こえ、

「だけど、やるしかないんだよ。俺たち、このままじゃ……来年のねぶた、一緒に行きたいんだ。なっ？　大丈夫だ。課長は酸いも甘いも知り尽くした人だから。安心して任せればいいんだよ。キスしようか」

しばらく無言になったので、功太郎は開いたドアからベッドのほうを見た。

（ああ、やってるな……）

君塚が上になって、清香にキスをしながら、身体を撫でている。

二人ともまだバスローブを着ていたが、清香のバスローブははだけて、乳房や下半身がのぞいていた。

横から見る形になって、その乳房の美しさに感動さえ覚えた。

さほど大きくはない。むしろ控えめだ。

だが、形がいい。

直線的な上の斜面を下側の充実したふくらみが持ちあげており、ツンと尖った

乳首は翔子と同じ、透きとおるようなピンクだった。

君塚は唇を重ねながら、美乳をそっとつかんで、やわやわと揉んだ。

すると、清香は「んっ、んっ……」とくぐもった声を洩らして、もどかしそうに下腹部をせりあげる。

（おいおい、感じているじゃないか？　どうしてこれで、入れると痛いんだ？）

君塚がキスをおろしていった。

バスローブをさらにはだけて、いっそうあらわになった乳房にしゃぶりつき、先端を吸う。

吐き出して、薄いピンクの突起に舌をからめている。

君塚も上達した。初めて翔子を抱かせたときとは、舐め方も雲泥の差だ。

しかも、もう一方の乳房もモミモミしつつ、乳首を舌であやすという極めて効果的な愛撫を実践している。

（これは、確か最初からやっていたな。君塚には色ごとに天賦の才があるのかもな……）

公私ともに面倒を見ているせいか、まるで自分の息子のように感じてしまう。

胸を愛撫されて、清香の様子が変わった。

「ぁああ……あああ、気持ちいいの……俊夫さん、どうして？　いつもより感じるのよ。ぁあああぅぅ」

君塚の頭をつかみながらも、バスローブの裾が張りつく両足を内股にして、太腿を擦りあわせる。

君塚の手が裾を割って、太腿をこじ開けた。

清香は中肉中背だが、太腿は意外に肉付きがよく、むっちりと実っていた。尻も大きそうだ。

上体が普通で、下半身が発達している女性は、功太郎のこれまでの体験から推すと、とてもセックスが好きだ。

スタミナがあって、やればやるほど燃えてきて、最後はもっとと貪欲にせがんでくるタイプだ。

清香がそうだとしたら、上手く一線を超えれば、どんどんセックスが愉しくなるはずだ。

(イケるんじゃないか？)

ここはもっと感じてくるまで、二人のジャマをしたくはない。バスルームのドアから息を凝らして覗いていると、君塚がクンニをはじめた。

少し急ぎすぎのような気がするが、悪くはない。

ここは、一気に清香をセックスモードに持っていったほうがいい。

君塚は足の間にしゃがんで、すらりとした足の膝裏をつかんで、持ちあげながら開かせ、その奥に顔を伏せた。

一生懸命に舐めているのがわかる。

だが、どういうわけが、清香の反応はいまいち弱い。

（どうしてだ？）

その理由を知りたくなって、功太郎は忍び足で近づいていく。清香は気づいていない。君塚だけが振り返って、功太郎を見た。

「腰紐で、目隠ししろ」

清香から身を隠して、耳元で囁いた。

君塚はそれはいやです、とでも言うように首を左右に振ったが、

「やれ」

強めに言うと、うなずいた。

君塚は腰紐を外して、功太郎を視野から隠すようにして、

「目隠しをするから。大丈夫、無茶ことはしない」

言い聞かせて、腰紐を横に走らせて、清香の目を覆った。後ろでぎゅっと結ぶと、清香が言った。

「怖いわ。真っ暗で怖い」

「大丈夫。俺がついている。リラックスしていいから」

そう言って、君塚がまた下半身のほうに移動した。

足をあげさせて、クンニをはじめる。そのやり方を見ていて、君塚はただ舐めているだけで、まるで目的意識がない。要するに下手なのだ。

こいつ、乳首攻めは上手いのに、どうしてクンニがど下手なんだろう？

「代われ」

耳元で囁いた。君塚がエッという顔をする。

「見本だ。見て、覚えろ」

清香に聞こえないように、耳打ちして、舐めやすいように腰の下に枕を入れた。

これで、腰とともに女性器の位置もあがって、クンニしやすくなる。

そのとき、清香が首をねじって言った。

「誰かいるの？　課長さんがいらっしゃるのね？」

功太郎は目の前で両手を振って、自分はいないことを伝えるように、君塚に暗に指図した。

「……いないよ。課長はまだバスルームだ。気をつかってくれているんだと思うよ」

「ほんとう?」

「ああ、ほんとうだ。舐めるよ。今度は清香が感じるように、考えてやってみるから」

そう言って、君塚が席を譲った。

うんうんとうなずき、功太郎は足の間にしゃがんで、顔を寄せた。

きれいなオマ×コだった。

ふっくらした陰唇はこぶりで、形がいい。こんな左右対象の肉びらは珍しい。

だが、濃くてびっしりと密生した恥毛が台形に生えていた。おそらく、デルタ地帯の処理をあまりしていないのだろう。

その対比がとてもそそった。

それに、うっすらと口をのぞかせた内部はびっくりするほどに透明感のあるピンクで、ピンクから赤への微妙なグラデーションが高価な装飾品でも見ているようだった。

まずは、外側を舐めた。

こぶりのビラビラの外側の陰毛が生えていない箇所に、ツーッ、ツーッと舌を走らせると、

「あっ……あっ……」

清香がびくっ、びくっと腰を震わせた。

（なっ、見ただろ？　女性は小陰唇の外側が意外と感じるんだ。とくに、女性器がいまだ未開発の女性はここが性器の境目だから、感じやすいんだ）

そう心のなかで呟きながら見ると、君塚がこくんとうなずいた。

さらに、太腿の内側の女性器に近いところを舐める。

健康美に輝く長い太腿に舌を走らせ、徐々に中心に近づけていく。このやり方も感じるはずだ。

君塚にきっちりと手本を見せたい。こうすれば、女性も高まるのだという愛撫術を見せたかった。

鼠蹊部をゆっくりと舐めると、枕に乗っかった腰がぐぐっ、ぐぐっと持ちあがりはじめた。

（感じているんだな。清香ちゃん、ちゃんと手順を踏めばきちんと感じるじゃな

いか！　この子を俺にゆだねてくれれば、開発してやるのに)

好みのタイプなだけに、余計にそう思ってしまう。

君塚の視線を感じる。

(初めてできた恋人が上司にクンニされる姿を、どんな気持ちで見ているんだろう？　きっと心臓がバクバク鳴っているんだろうな)

その心境に思いを馳せながら、びらびらの間に移った。

舌をべっとりと押しつけるようにして舐めあげていく。狭間がひろがって、よく濡れた粘膜を舌がすべっていき、

「んんんっ……！」

清香は細かく震えて、顎をせりあげた。

(よしよし、ばっちり感じているじゃないか！)

何度も、ゆっくりと丁寧に狭間を舐めた。

笹舟形の下のほうの膣口に舌を押しつけ、ぐっ、ぐっと押す。すると、膣口がそれとわかるほどに開いて、舌が沈んでいき、

「ぁああ、そこ、いや……汚いよ。汚い……ぁあああ、あうぅぅ」

清香が両手を口に押し当てて、喘ぎ声を押し殺した。

よほど特徴のある舌でない限り、その舌が恋人のものか、他人のものかを見分けるのは難しい。

クンニをしているのが君塚だと信じ込んでいる清香が、ちょっと可哀相だった。

しかし、これは二人のセックス向上のためだから、仕方ない。

膣口がどんどん柔らかくなり、開いて、舌先がわずかだが内側へと入り込み、

「ぁあああ、あああぁ……ダメっ。俊夫さん、ダメ……ぁあああ、恥ずかしい……ぁああうぅぅ」

清香が腰を振って、もっととばかりに濡れ溝を擦りつけてきた。

(よしよし……では、最後の仕上げだ)

舐めあげていき、上方の陰核をとらえた。

フードをかぶった三角の突起が赤く色づいていて、三角帽をかぶったままのクリトリスを下から舐めた。つるっ、つるっと舌を走らせると、

「ぁああ、あああうぅ……」

清香は声をあげる。だが、どうも反応が鈍い。

(もしかして、フードを脱がせたほうが感じるのか?)

功太郎はちらりと君塚を見て、こうやるんだと見本を示す。

包皮の根元を引っ張りあげると、ちゅるっと帽子が脱げて、小さな肉芽が姿を現した。

それは、功太郎がこれまで見たクリトリスのなかでも、もっとも小さかった。

多分、未発達なのだ。

(ははん、これが原因か……)

ぐっと口を寄せて、小さな突起を上下に舐めた。それから、強めに横に弾くと、

「あっ……あっ……ぁああああぁぁぁ！」

清香が両手でシーツを握りしめた。

(よしよし、感じているぞ)

功太郎は口を窄めて、あらわになった陰核を頬張った。

息を吸いながら、本体をチューッと吸うと、

「ぁあああぁ……ぁああ、すごい……気持ちいい。俊夫さん、気持ちいい……ぁああああぁぁ」

清香が枕を後ろ手につかんで、ぐぐっと下腹部をせりあげた。

多分、これは清香がこれまで味わっていなかった快感に違いない。

目隠しをされて、視覚以外の五感が研ぎ澄まされてるのだ。それ以上に、クリ

トリスを吸われると感じるのだ。

(見つけたぞ!)

功太郎は口を窄めて、なるべく陰核だけを頬張るようにして、断続的に吸った。

チュッ、チュ、チューッ、チュ、チューッとリズムをつけて吸引すると、

「ぁあああ……いいの。いいの……ぁああ、おかしくなる。おかしくなっちゃう……ぁあああ、くうぅ」

清香は自分でも微妙に腰を動かしながら、手の甲を口に押し当て、さしせまった声を放つ。

いったん吐き出して、清香の様子をうかがった。

腰紐が両方の目を隠して、横一文字に走り、ストレートロングの黒髪が枕に扇のように散っている。

片方の手が枕をつかみ、恥ずかしいのか、もう一方の手で顔を隠している。

スレンダーだが、乳房は形よく盛りあがり、その頂上がこれ以上は無理というところまで尖りきっている。

そして、君塚はそんな恋人を目をギラギラさせて見つめているのだ。

(そろそろ、いいだろう)

功太郎は静かに、ポジションを君塚に譲った。

「いいぞ。挿入して」

耳元で囁く。

3

うなずいて、君塚が突入態勢に入った。

股間からそそりたっているものを見て、功太郎は引け目を感じた。大きさは同じくらいだが、反りが違う。下腹を打たんばかりにいきりたったものは、ギンとして、カチンカチンに見える。

（んっ……？　もしかして……）

功太郎の心にある考えが浮かんだが、黙って経緯を見守った。

君塚は膝をすくいあげながら、その勃起を押しつけ、ゆっくりと腰を入れていく。

屹立が姿を消すと、膝を放して、覆いかぶさっていく。君塚が腕立て伏せの形で、ぐいぐいと押し込んでいくと、

「ぁああ、ダメッ……痛いよ。痛い……！」

清香が腰を引いて、突き放そうとする。

「やっぱり、痛いんだ？」

「ええ……ゴメンなさい。俊夫さんの硬すぎて……」

清香が目隠ししたまま、訴えた。

「ちょっと待ってろ。バスルームにいる課長に相談してくるから……目隠しはしたままで、休んでいていいから」

君塚が結合を外して、バスルームに向かう。

バスルームの脱衣所で、二人は君塚が訊いていた。

「見たとおりです。どうしたらいいでしょうか？」

功太郎は自分の考えを述べた。

「お前のが硬すぎるんだよ」

「だけど……柔らかくなりません。俺、清香を目の前にしたら、ギンギンになっちゃいますよ」

「ちょっとだけ、俺にやらせてくれないか？　俺のはフニャチンだから、多分、痛くないと思うぞ」

「それは、いやです……さすがに課長でも、それは……」

もっとも意見だった。

「じゃあ、一生このままでいいんだな？　ねぶたに行きたくないのか？　それに考えてみろよ。お前は俺の奥さんを抱いたんだぞ」

「それは、課長が……」

「今だって、お前が俺にしてくれと言えば、同じことだろ？　忘れるなよ。誰のお蔭で男になれたんだ？　お前は俺の奥さんを抱いた。これで、オアイコだろ？　大丈夫だ。清香さんをおチ×チンでも感じる身体にしてやる。女は記憶の生き物だ。おチ×チンで一回でも感じたら、それが糧になって、どんどん気持ち良くなっていくんだ。お前の硬いやつでも、感じるようになるさ」

切々と説いた。

「どうする？」

「……わかりました。でも、ほんとうにこれ一回きりですからね」

「もちろんだ。この一回で、きっちり感じさせてみせるさ……まずは、君塚ひとりで出ていけ。清香さんが目隠しを外している可能性がある」

「わかりました」

君塚がひとりで出ていった。

「目隠しはどうしたの？」

「ゴメンなさい。何か不安になって、外しました」

「ダメじゃないか。視覚を奪われることで、敏感になるんだから」

君塚がまた清香に目隠しをしている気配が伝わってくる。

ドアから覗いてそれを確認し、功太郎は抜き足差し足でベッドに向かった。

「課長が言うには、俺のおチ×チンが硬くなりすぎていて、痛いんだって。もう少し柔らかくして突けば、大丈夫だろうって……いいね？」

「はい……」

君塚がクンニをはじめた。さっき功太郎がしたことをたちまち学習して、丁寧に舐めている。陰核の包皮を剝いて、チュウチュウ吸った。

「ぁああ、気持ちいいの。俊夫さん、ほんとうにこれ気持ちいいの……ねえ、欲しくなった。ちょうだい」

清香がせがんできた。

君塚がこちらを見たのでうなずいて、タッチ交替した。

幸いにして、功太郎のイチモツは硬くも柔らかくもなく、最適の状態でエレクトしていた。

すでに、腰枕は外れていた。

あまり触ると、別人だとわかってしまう。ちょっとだけ触れて足をすくいあげ、楚々としたこぶりの割れ目にイチモツを押し当てた。

入れようとしたが、フニャチンに近いせいで、なかなか入らない。

小さな孔をさぐりあて、少しずつ腰を進めていった。柔らかな肉柱がどうにかそこをこじ開けていき、今だとばかり突きだす。

狭い。とても狭い。

洩れそうになった声をこらえて進めていくと、窮屈な肉の道をイチモツが押し広げていき、

「ぁあうぅ……！」

清香が顎を突きあげた。

「痛いか？　どうなんだ？」

すぐ隣にいた君塚が心配そうに訊いた。

「……不思議だわ。大丈夫なの。痛くないの……」

清香がびっくりしたように言った。

「やはりね……相当柔らかくしているからね。動かすよ」

「はい……」

清香が言う。

(そうら、やっぱり、そうだっただろ?)

功太郎はちらりと君塚を見てうなずき、ゆっくりと腰を動かす。

中年のフニャチンが役立つことだってあるのだ。

ほんとうは抱きしめたいところだが、それをしたら、幾ら何でも清香には別人だとわかってしまうだろう。

なるべく接触しないように、両膝をつかんで、上から押さえつけようにしてピストンをした。

「ぁああ、あああ……」

清香は両手を顔の脇に置いて、美しい顔をのけぞらせる。

きれいだった。

さらさらの長い髪が散って、その真ん中に目隠しされた清香の顔がある。きれいな女は目隠しをされていても、きれいだ。

ゆっくりと慎重に抜き差しをすると、

「あっ……あっ……」

清香の口から、悩ましい声が洩れた。

「感じるかい？」

すぐ隣で、君塚が訊く。

「はい……気持ちいい。ちょうどいいの。だから、痛くない。長さもちょうどいいみたい……奥まで突いてこないから、安心して身を任せられるの」

清香が言う。

（おいおい、それって、俺のチ×ポが君塚より短いってことだろ？）

若干のコンプレックスを感じたが、それは年齢的なものだからと自分を慰めた。

歳をとるほどに、勃起力が失せるから長さもおとろえる。それはしょうがない。

（まあ、いい……こんな若くて清楚な女を抱いているんだから……）

あまり昂奮すると、力が漲って、硬くなってしまう。

部下の恋人を抱いているという昂奮を抑えて、たんたんと突いた。それでも、とても窮屈な粘膜がうごめきながらからみついてきて、ぐっと快感が高まる。

逸《はや》る気持ちを抑えて、やさしく、やさしくと言い聞かせ、ストロークをする。

と、清香の気配が変わってきた。

「ぁああ、初めて……こんなの初めて……気持ちいいの。俊夫さん、わたし気持ちいいの……ぁああ、ああぅ」

目隠しされたまま、喘ぐ。

「そうか……よかった。清香、うれしいよ。きみが感じてくれて」

すぐ隣で、君塚が言う。

見ると、君塚は半泣きになっていた。きっと複雑な心境なのだろう。

それを見て、ちょっと昂奮してしまった。やはり、寝取られだけではなく、寝取る昂奮もあるのだろう。

そうなると、あれが力を漲らせてしまい、明らかに硬くなった。すると、

「ああ、キツい……キツくなった」

清香が訴えてきた。

（ダメだ。何か他の事を考えよう……）

今、プロジェクトで契約を渋っている鹿児島緑茶協会会長の逸見《いつみ》のことを頭に浮かべただけで、分身はたちまち力を失い、押し出されそうになって、

（ああ、ダメだ！）

今度は、翔子が君塚の童貞を奪ったシーンを思い出す。すると、またそれが復

活して、硬くなった。

（よしよし、これでいい！）

そろそろ体位を変えようと、挿入したまま上体を折って、腕立て伏せの形を取った。これなら、密着しているわけではないから、正体はばれないだろう。

少しずつ打ち込みを強くしていく。

時々、乳房をつかんで揉みしだいてやる。

あまりやりすぎると、手のひらの大きさや指の長さの違いで、別人だとわかってしまう。息づかいも抑えている。鼻息だって、功太郎と君塚は違うだろう。

（だけど、これなら、わからないだろう……！）

顔を伏せて、乳首を舐めてやる。

すると、透きとおるような乳首がたちまち硬くしこってきて、

「ぁあああ……あああ……いい。いいんです」

清香が両手でシーツをつかみ、顎をせりあげた。

（よしよし、いいぞ！）

清香は元々乳首は感じるのだ。声を出さないように、息づかいも荒くならないように細心の注意を払いつつ、乳首を舐め転がし、腰もつかう。

この姿勢では挿入は浅くなっている。

イチモツを埋め込みながら、その上昇する動きを利用して、乳首から首すじへと舐めあげていく。

なめらかな肌を舌がすべっていき、肉茎も若干深く嵌まり込んでいき、

「ぁあああぁぁ……！」

清香が大きく顔をのけぞらせた。

(感じたな、今のは明らかに感じたな！)

よし、もう一度と、功太郎は反対側の乳首を舐め、深く挿入するその体の勢いを利用して、きめ細かなもち肌をぬるぬるっと舐めあげていく。

「ぁああぁ……気持ちいいの！」

清香がまた顎を高々とせりあげた。目隠しをしたロングヘアの若い女が敏感に応えてくれる。これほど男として報われることはない。

(しかし、こんなに敏感な女性を君塚は……何だかんだ言って、まだ童貞を卒業したばかりだからな……)

君塚には申し訳ない気持ちもあるが、結局、これは二人のためなのだから、しょうがない。

清香はこのスペシャル愛撫で、今、上昇気流に乗っている。このまま、一気にイカせることができれば、清香は絶対に変わる。

まだ経験の少ない女性はいくら強く突いてもダメだ。リラックスさせながら、イッてもらわないと。

(キスをしたいところだが……。そうか、君塚に……!)

功太郎はいったん上体を立てて、君塚にキスをするように耳打ちする。君塚も充分にその気になっていたのだろう。うなずいて、上から唇を重ねていく。

すると、清香も積極的に唇を合わせて、情熱的に吸っている。

(よしよし、今だ……!)

功太郎は君塚のジャマにならないように上体を立てて、ゆっくりと突く。

肉茎がとても狭い膣を擦りあげていき、

「んっ……んっ……んんんっ!」

清香がキスをしたまま、くぐもった声を洩らす。

功太郎も快感に酔いしれた。

清香の粘膜はすでにとろとろに蕩けており、抜き差しをする肉棹にざわめきながら、からみついてくる。

これはいい傾向だ。だいたい、男が気持ちいいときは、女も気持ちいいと感じているものだ。

君塚が唇を離すと、

「あああ、俊夫さん……気持ちいいの。わたし、イクかもしれない」

清香が息も絶え絶えに訴えてきた。

「そうか……俺も気持ちいいよ。うれしいよ。清香、イッていいよ。ああ、でも無理してイコうと思わなくていいから。イケるんだったら、イケばいい……無理に感じることも、イクこともないんだから」

君塚がもっともらしいことを言って、ふたたび唇を重ねた。

(よし、今だ……!)

功太郎は焦らず、ゆっくりとピストンしていく。

あまり奥は突かないように気をつけながら、丁寧に抜き差しをした。しばらくして、清香の気配がさしせまってきた。

「んん……んんっ……ぁああ、へんよ、へん……熱いの。身体が熱いの……ぁああ、浮いてる。わたし、浮いてる……ぁああ、俊夫さん、いいの？　おかしくなっていいの？」

「イッていいんだよ。そうら、イッていいんだよ」

君塚がまた唇を奪った。キスをしながら、乳房を揉んでいる。

あの角度でオッパイをモミモミしながら、正面から突くというのは、ひとりではできない。だが、清香は経験が浅いし、舞いあがっているから、そんな疑問は頭に浮かばないのだろう。

功太郎が抜き差しするたびに、「んんっ、んんんっ！」と哀切な声を洩らして、顔をのけぞらせている。

全身がぶるぶると小刻みに震えていた。

気を遣るのだ。

功太郎も昂っていたが、まさか部下の彼女に中出しするわけにはいかない。

ぐっとこらえて、少しずつピッチをあげると、清香の震えが痙攣に変わった。

「んんんっ……んんんっ……ぁあああ、ぁあああああ……！」

口を離して、絶頂の声を噴きこぼしながら、のけぞりかえった。

「……あっ……あっ……」

びくっ、びくっと震えている。気を遣ったのだ。

清香の絶頂の痙攣がおさまるのを待って、功太郎は静かに結合を外した。

「あとは頼む」

君塚の耳元で囁き、ベッドを離れた。

音を立てないようにバスルームに向かう。

(よしよし、これで何とか二人は上手くいくだろう)

膣で気を遣るのを覚えた清香は、今後、どんどん目覚めていくに違いない。

(問題は、君塚の硬すぎて、長すぎるチ×ポだが……どうにかなるだろう)

功太郎はいい気持ちでシャワーを浴びる。

いまだ半勃起している肉棹には、清香のぬるっとした愛蜜が残っていて、それを洗うのを惜しく感じたが、いさぎよくシャワーで洗い流した。

(もう、これで俺の役目は終わったな)

下着をつけて服を着た。

バスルームを出ると、ベッドでは、すでに目隠しを外した清香を、君塚が愛撫していた。

「上手くいっているようだから、俺は帰るよ。君塚、あとは任せたから。清香さん、感じるようになってよかったな」

すると、清香がまさかのことを言った。

「ありがとうございました。課長さんのあそこ、すごく気持ち良かったです」

（えっ……？　ひょっとして気づいていたのか？）

確かめようとして、これは否定すべきだと思った。

「いや、私は何もしていないよ。すべて、君塚だ。来年はねぶたに行こうな。俺も女房を連れていくから」

そう言って功太郎はドアを開け、廊下に出た。

第五章　会長の秘めた性癖

1

功太郎はプロジェクトが暗礁に乗りあげて、困り果てていた。

鹿児島で採れる緑茶の元締めであり、仲買を一手に牛耳っている協会の長である逸見重蔵《じゅうぞう》会長がこのプロジェクトに難色を示しているのだ。

これまで手にしていた仲買料が少なくなるというのが、主な反対の原因だった。会社としても、ぎりぎりの条件を提示したものの、逸見会長は渋っている。

これまで何度も会って、頭をさげたのだが、逸見は頑として頭を縦に振らない。

このままでは、プロジェクトが頓挫してしまう。

困り果てていたとき、鵜飼部長から会いたいという連絡が入った。

先日と同じ豪華な料亭で、酒を酌み交わしていると、鵜飼がまさかのことを言った。

「今回のガンになっている逸見会長は、じつはスワッピングマニアらしい。それで、きみたち夫妻にお相手をしてほしいんだが……」

びっくりした。まさか、あの老いた会長がスワッピング愛好家だとは。それ以上に、もう一度スワッピングをするなど、絶対に妻が受けないだろう。

婉曲に断ろうとして、言った。

「それなら、部長夫妻が適任ではないでしょうか？」

「わかっている。そのつもりだったんだが、想定外のことが起きた。じつは、うちの美寿々が階段から落ちて、右腕を骨折してしまったんだ。さすがに右腕を吊ったままスワップはできないだろう？　それで、きみたちならと……こっちは、二人がいかに優秀かを体験しているからね。どうだね？」

「はあ、しかし……」

功太郎は頭を掻く。

「これが上手くいけば、会長はこちらの案を呑むとおっしゃってくださっている。

今の窮地を乗り越えられるんだ。きみがリーダーをしているんだからな、難局は自分で乗り越えるしかないんじゃないか?」

鶏飼の言うことはわかる。しかし……。

「逸見会長は七十三歳で、奥さんはもう亡くなっている。カップルのお相手は、会長の愛人なんだよ。高梨慶子《たかなしけいこ》と言ってね、鹿児島のクラブでチーママをやっている。三十八歳の、目が覚めるような美人だぞ。きりっとしているが、いざとなるとマゾという、男にとっては最高の女性なんだよ。ほら、これだ」

鶏飼が座卓の上で、スマホの画像を見せてくれた。

(ううむ、確かに……)

お店で撮ったのだろうか、胸の開いた豪奢なドレスを身につけた高梨慶子は、きりりとした美貌で、頭も良さそうだった。

「昔は、どこかのミスコンで優勝したらしいぞ。こういう写真もある」

鶏飼が画面をスライドしていくと、慶子がにこっと笑っている写真もあって、それがとても愛嬌があり、チャーミングだ。

次の写真では、かつてのミスコン優勝者が明らかに情事のあととわかるバスローブ姿で、カメラのほうを向いて、王妃のように横臥して、微笑んでいた。

胸元からのぞく乳房はたわわで、セピア色の尖った乳首までもが見えてしまっている。

最後の一枚では、長襦袢姿の慶子が縛られて、正座し、恨めしそうな目でカメラを見ていた。

「会長の自慢の写真らしい。困ったもんだよな。こういう写真を人に見せびらかしてしまうんだから。とんでもない因業ジジイだよ」

鵜飼が吐き捨てるように言った。じゃあ、あなた自身はどうなのだ、と思ったがそれは言わないでおいた。

このままでは強引に決められてしまう。その前に言わなくてはいけない。

「しかし……うちの翔子は本番は無理ですよ。この前もそうだったですし……」

「本番はしなくていい。ただ……」

鵜飼がもったいぶって、間を取った。

「じつはあのジジイは、あっちのほうが好きなんだ」

「あっちと言いますと？」

「ケツだよ。アヌスだ」

鵜飼がまさかのことを口にした。

「ア、アヌスですか？」

「そうだ。前のほうはしなくていい。その代わりと言っては何だが、翔子さんのお尻を貸してやってほしいんだ」

「無理ですよ……翔子はアナルセックスなんてしたことがありません。いきなりお尻にと言ったって、無理ですよ」

「それまでに、きみがアナル調教をしておけばいいじゃないか？　経験はないのか？」

「もちろん……！」

世の中にアナルセックスをしているカップルが、そうそういるとは思えない。

「ふうん……きみも意外と冒険心がないんだな。バックから翔子さんを貫いているとき、お尻の孔がひくひくしているのを見て、ここに入れてみたいと思ったことはないのかね？」

そう言われると、確かにそう感じたことは何度かあった。

君塚の見ている前で後ろから犯したときも、アヌスをかわいがると、最初はいやがっていたのに、最後は『ほんとうは気持ちいいの』と腰を振ったものだ。

「あるようだな？　いいじゃないか、これもいい経験だと思って受ければ……お尻なら前とは違って妊娠の危険はない。たんに孔を貸すんだと思えばいい。俺は美寿々のアヌスは開発済みだぞ。アナルセックスをしたこともある。ケツは前より濡れてないから今ひとつだが、ケツを犯しているという精神的な征服感が強くていいぞ。それに、入口はよく締まるしな……」

自信満々に言われると、アナルセックスを体験していないのは、損をしているような気持ちになった。

「しかし、翔子が何と言うか？」

「そこが、きみの腕の見せ所じゃないか？　それに、今、きみがリーダーをしているプロジェクトが暗礁に乗りあげていることは確かなんだ。このままでは、失敗に終わって、きみの評価も大幅にさがる。出世の道はほぼふさがれる。それをどうするつもりなんだ？　これは、むしろきみには救いだろ？　女房のケツを貸してやれば、このプロジェクトは成功するんだから。きみの奥さんだって、断らないと思うが……」

説かれるにつけ、これはむしろ今の窮状を脱する絶好の機会だとさえ思えてきた。

「……わかりました。翔子に相談してみます」

呆気なく、折れていた。

「そうじゃないだろ？　女房を絶対に説得してみせますから、ぜひ、やらせてください、だろ？」

「……はい。やらせてください！」

なぜか、功太郎のほうが頭をさげていた。

「いいだろう。絶対に翔子さんを説得しろよ。そうすれば、きみも元ミスグランプリを抱けるんだからな」

鵜飼に言われて、功太郎は静かにうなずいた。

2

その日の深夜、功太郎は寝室で翔子を前に、切々と会長とのスワッピングを説いていた。

「頼む、やってくれないか？」

「いやです。お尻にされるなんて、考えただけでぞっとします」

翔子が言う。その涙ぐんでいる瞳を見ると、いかに翔子が苦しんでいるかがわかって、功太郎もつらい。だが、これを逃したらもう二度とチャンスは訪れないのだ。

「そこを何とか我慢してくれないか？　俺のプロジェクトリーダーとしての成否がかかっているんだ。応じたら、逸見会長がこちらと契約してくれると言ってくれているんだ。頼むよ、俺のためだと思って……出世して、お前を楽にしてやりたいんだ」

ベッドに正座して、頭を擦りつけた。

「功太郎さん、ほんとうにわたしを愛してくださっているんですか？」

「ああ、もちろんだ」

「でも、妻を犠牲にして、仕事に成功したとしても、それがあなたの実力なんでしょうか？」

翔子の言葉が胸に突き刺さった。

「……確かにな」

「この前だって、あなたのために頑張りました。でも、またですか？　功太郎さん、わたしに頼りすぎていませんか？」

確かにそうだ。翔子の言うことは正しい。

功太郎は黙らざるを得なかった。

「わかったよ……」

深々と頭を垂れたとき、翔子が言った。

「わかりました。やります」

「えっ……？」

「やってくれるのか？」

翔子はうなずいて、功太郎をじっと見た。

「でも、ひとつ条件があります」

「……何だ？」

「それは……もうこういうことは最後にしてほしいんです。わたし、ひとりであなたのあそこを大きくしてみせます。もう、他の男には抱かせないと約束していただけませんか？　約束してもらえるなら、今回だけ応じます。あなたの成功のために……」

翔子が涙目で見た。

ぐわっと熱いものが胸に込みあげてきた。

何ていい女なんだろう？　これほどの女房はまずいない……。

「翔子……！」

パジャマ姿の妻を抱き寄せた。

「ありがとう。ほんとうにありがとう……ちゃんと約束は守るから」

「あなた、痛いわ……強く抱きすぎ……」

「ああ、悪かった。うれしすぎて……きみは最高の女房だ」

ベッドに押し倒して、髪を撫でながら顔面にキスをしていると、翔子が言った。

「それから、もうひとつ、いいですか？」

「何だ？」

「お尻のほう、その会長に初めてされるのはいやなんです……」

翔子が察してくださいという目で、功太郎を見た。

「そうだな……俺がアナルバージンをいただくよ。それでいいだろ？」

翔子がこくんとうなずいた。

「よし、今夜からアナル調教をはじめよう。まずはローションだな。そう言えば、以前に使ったやつが残っていたな……」

「今夜からするんですか？」

「ああ、こういうものは早くしたほうがいいんだ」

功太郎はクロゼットの引出しにしまいこんであったローションを取り出した。

それから、翔子をベッドに四つん這いにさせると、思い切って、パジャマのズボンとパンティを引きおろした。

「あんっ……！」

翔子が尻たぶをぎゅっと窄めた。

「恥ずかしいか？」

「はい……だって、こんないきなり……」

「善は急げだ」

「善、じゃないわ」

翔子が笑った。

「笑顔が出るくらいなら、大丈夫だ。かわいいアヌスだ。ひくひくしてるぞ」

セピア色の小さな窄まりは、幾重もの皺を集めて、その中心で小菊のような可憐さを見せていた。

その下側には、きれいなピンクのぬめる女の花芯が華やかな様相を見せており、その対比がエロチックだ。

（まずはローションより、ナメナメだな）

最愛の女のアヌスなら、舐めたって平気だ。いや、むしろ悦んで舐めてあげた

い。顔を寄せて、ぺろっと舌を這わせると、

「あんっ……！」

翔子がびくっとして、尻を前に逃がした。

「ダメじゃないか」

「だって、恥ずかしいわ」

「きみのここはすごくきれいで、匂いもない。それに、皺が中心に集まって、小菊のようだ。ぁああ、愛おしい」

今度は両手で尻たぶをつかんで開き、横にひろく伸びた窄まりに吸いついた。

チューッと吸うと、

「ぁああ、ダメ、そんなことしちゃダメです……いや、いや、いや……ぁあああうぅぅ」

翔子が背中をしならせて、腰を前に逃がそうとする。それをつかみ寄せて、今度は舐めた。

下から上へと舌を走らせると、わずかにアヌスのふくらみと窪みが感じられて、

「ぁあああ……許してぇ」

翔子が羞恥これに極まれりといった声を出す。

功太郎はまた吸いついて、チュー、チュー吸う。それから、尻を引き寄せながら舌を走らせる。

するとと、小さな火口のようなアヌスがひくひくっとうごめき、功太郎はその皺を伸ばすようにして、入口をひろげ、中心に舌先を伸ばしてやる。

火口の内側の噴火口をちろちろっと舐めると、

「あはぁぁぁぁ……！」

翔子が大きくのけぞって、がくん、がくんと震えはじめた。

（んっ、もしかして、感じているのか？）

そこに舌先を伸ばしながら、

「感じるか？　うん、感じるか？」

訊ねると、

「ああ、はい……何か、何か……ぁあうぅぅ、くすぐったいけどゾクゾクします……ぁあああ、ああうぅ」

翔子がたまらないといった様子で尻を振りはじめた。

（そうか……やはり、性に目覚めた女は全身が性感帯と化すんだな）

功太郎はしつこいほどにアヌスを舐めた。

ほんとうは、その下の女の花園もクンニしたいところだが、アヌスに触れた舌で女性器を舐めるのは、衛生上よろしくないと聞いている。

いったん顔をあげて、ローションの用意をする。

その間、翔子は居たたまれないといった様子で、頬を真っ赤に染めている。それでも、決してその姿勢を崩そうとはせずに、尻は持ちあげたままだ。

パジャマのズボンとパンティが膝までさげられて、ぷるんとした尻が剝きだしになっている。

功太郎は細長い円柱形の容器を押して、透明なローションを出し、それをアヌスに塗り込めていく。

溶液がたちまちひろがって、そこが妖しくぬめ光ってきた。

ローションを塗り込みながら、窄まりの周囲をぬるぬるとさすると、

「あっ……あっ……」

翔子は声を洩らしながら、もっとしてとばかりに尻を突きだし、

「ぁああ、わたし、恥ずかしいわ。初めてなのに、こんなになって……」

いやいやをするように首を振る。

「きみは元々、ここが感じたものな。こんなことなら、もっと早く開発しておけ

ばよかった。翔子はきっと恵まれているんだ。多分、やればやるほど開発されていくんだ。恵まれているんだよ」

「……いや、怖いわ、そんなの」

「怖くはないさ。俺がついてる。翔子をひとりにしたことはないだろ？」

「……ええ」

「すごいよ。きみのお尻、力が抜けてきた。噴火口がひろがってきた。何だ、これは？　内側がめくれあがってきたぞ。そうか、なかはきれいな粘膜色をしているんだな」

「……恥ずかしいわ」

「きれいだよ。すごく……ほうら」

ローションでぬめる指先で、これもローションで光る窄まりの中心に触れて、静かに震わせてみた。すると、指先が肛門括約筋をひろげていき、このまま力を入れれば、ぬるっと入り込みそうだった。

ここに指を入れるのは初めてだが、指くらいならどうにかなりそうだった。

「指だけ入れていいか？」

「ぁああ、ダメっ……怖いの。怖いわ……」

「痛かったら、言ってくれ。すぐに、やめるから」

中指をそっと押しつけて、少しずつ力を込めていった。

「入れるぞ」

ドリルの原理でひねりながら押し込むと、中指がちゅるっとすべり込んでいき、

「あ、くっ……！」

翔子が一瞬身体を縮め、それから、背中を反らせた。

肛門括約筋がぎゅ、ぎゅっと中指を締めつけてくる。そうとうな圧力だ。

しかし、しばらくすると、その圧迫もやんだ。

さらに奥へと進めようとすると、

「くっ……無理です。今日のところはこれで……何か、怖いの……何かが出てきそうで」

翔子がさしせまった様子で言う。

「気のせいだよ。お尻の孔が開いているから、そういう気持ちになるんだろうな」

「でも、出そうで怖いの……」

「じゃあ、これからする前に、浣腸しておこうか？　イチジクなら簡単だし、そ

れできみが安心できるなら……どうする？」

「……一応、してください。いえ、自分でできるから、します」

そう言って、頬を染める翔子が愛おしくてならない。

その夜のアナル調教はそこでやめて、以降は普通のセックスをした。

不思議なもので、スワッピングの件が二人をかきたてるのか、ひさしぶりに激しいセックスとなった。

3

当日、功太郎は翔子とともに、指定された鹿児島のホテルに来ていた。

薄い白煙を昇らせている桜島が近くに見える海岸沿いのホテルで、ここまでわざわざ翔子を呼んだのだ。

逸見会長と、その愛人でクラブのチーママをしている高梨慶子と功太郎と翔子の四人が、個室でディナーのテーブルを囲んでいた。

逸見は瘦せて、猛禽《もうきん》類のような顔をしていたが、七十三歳という年齢の割には、いまだ現役感が強い。

枯れてはいるが、貪欲さを失っておらず、眼光も鋭かった。

そして、慶子は胸のひろく開いたシックなドレスを着て、前髪がふわりとしたウエーブヘアがきりっとした美貌をやさしく包み込んでいた。

三十八歳になった今も、いまだその冴えざえとした容色はおとろえず、会長がこの女性に執着する理由はわかりすぎるほどにわかった。この女を横に置いておくためなら、お金を積んでも惜しくないと思わせる気品と知性があふれている。

鵜飼部長の話では、このきりっとした女性がマゾなのだと言う。

そういう目で見ると、慶子がいっそう魅力的に映る。

功太郎も女王様より、マゾ的な女性のほうが好きだ。

フランス料理のフルコースが出尽くしたとき、逸見が膝にかけていた白いナプキンをテーブルの下に放って、倉石のほうを見た。

「倉石さん、悪いが、拾ってくれないか？」

妙なことをするなといぶかりつつ、功太郎はテーブルの下に潜っていく。

テーブルクロスが垂れているテーブルの下で、床に落ちているナプキンを拾おうとしたとき、慶子の足がすっと開いた。

啞然とした。

紫色のドレスの裾がひろがって、太腿までの黒いストッキングに包まれた美脚が一気に開いた。

赤いパンティを穿いていたのだが、その肝心な部分がオープンになっていて、黒々とした繊毛とともに女の花芯が丸見えだった。

しかも、その合わせ目から白いコードのようなものが垂れているのだ。

（えっ、これって……？）

そのとき、隣に座っていた逸見の手が伸びて、その白いコードを引っ張った。

すると、ピンク色の物体が頭部をのぞかせた。楕円の形をしたものの先端から白いコードが伸びているようだ。

（これって、ピンクローターじゃないか？）

普通はコントローラーに線で繋がっているものだが、これにはないから、おそらく遠隔操作ができる無線式のものだろう。

それまでは聞こえていなかった、ビーッ、ビーッという振動音がわずかに耳に届いた。これまでは体内に隠れていたので、聞こえなかったのだろう。

逸見がコードを引っ張ると、それが抜けそうになった。

功太郎ははっきりと見た。その楕円形がねっとりと濡れているのを。

（そうか……慶子さんは、食事の間、ずっとこのリモコンローターをオマ×コに入れられていたんだな。それを知らせたくて、会長は俺に……！）

逸見がまた、そのローターを恥肉のなかに押し込むのが見えた。

個室とは言え、いつまでも、テーブルの下に潜っているわけにはいかない。功太郎は下から出て、ナプキンを会長に手渡した。

「ああ、ありがとう。何か見えたかね？」

逸見が含み笑いをする。

「ええ、いろいろと……はい、見えました」

「そうか、そうか……」

逸見が笑った。その笑顔が無邪気で、この男にはそういう子供のようなところがあるのだと思った。

慶子と目が合った。すると、慶子はこれまでとは一転して、恥ずかしそうに目を伏せた。

「こっちに……」

逸見に呼ばれた。近づいていくと、耳打ちしてきた。

「奥さんのあそこを見たい。座ったままでいい。パンティを脱がせてくれないか？　あとは私がやるから。見るだけだから」

「はあ、でも……」

「やるのか、やらないのかどっちだね？」

逸見の細いが鋭い目でにらまれると、肝っ玉が縮みあがった。

それに、プロジェクトを成功するためには、絶対にこの男の承諾が必要で、逆らえる立場ではなかった。

うなずいて、功太郎は翔子に、パンティを脱いで、足を開くように頼んだ。

翔子はいやいやをするように首を振ったが、「頼む。商談のためなんだ」と頼むと、翔子は小さくうなずいた。

そして、テーブルの下に手を突っ込んで、パンティを脱ぎながら、恨めしそうに功太郎を見た。

（ゴメンな、ゴメン……我慢してくれ）

申し訳ないとは思うが、ここまで来たら、絶対にスワッピングと商談を成功させたい。

「それを、私にくれんか？」

逸見がまさかのことを言った。

翔子は救いを求めるように功太郎を見た。男としての面目丸潰れだが、ここは会長の機嫌を取るしかなかった。

うなずくと、翔子は席を立ち、丸めたピンクのパンティを逸見にそっと渡した。

すると、逸見はピンクの布地を鼻に押しつけて匂いを嗅ぎながら、片手で翔子の腰を抱き寄せた。

ドレス越しに尻を撫でまわし、それから、裾をたくしあげるようにして、ヒップをじかに触りはじめた。

「すべすべだな。さすがにお若い。慶子とは違う。ぷりぷりしているぞ……」

そう言いながらも、パンティをくるっと裏返し、パンティの基底部を観察して、

「少し濡らしているな。パンティを脱いでいる間に濡らしたな?」

「……違います。それはたんなる……」

「そうは思えんな。ほら、今も……」

おそらく、逸見の指が尻の後ろから恥肉をとらえたのだろう、

「いやっ……」

翔子が腰をよじった。

「オマ×コがぬるぬるしてるぞ」

「違います」

「まあまあ、会長。そのへんで勘弁してやってくださいよ。あとは部屋でということで」

功太郎が言うと、

「いいだろう。その代わりと言っては何だが……」

逸見が翔子に耳打ちした。

翔子はぎょっとした顔をしていたが、やがて、不承不承うなずいて席に戻った。

「どうした?」

訊いても、翔子は答えない。

「これを渡すから、自由に使いなさい」

そう言って、逸見が小判形のスイッチのようなものを渡してきた。

「下のボタンを押せば、振動のリズムが変わる。そのダイヤルを右にまわせば、振動が強くなる。慶子を愉しませてやってくれ。やりなさい」

功太郎がダイヤルを右にまわすと、一気に振動が強くなったのか、

「んんっ……ぁああ、ああうぅ……強いわ。ぁあうぅ」

慶子が顔をのけぞらせて、下腹部を手で押さえた。

「いいぞ、その調子だ。私も愉しませてもらうからな」

そう言って、逸見がテーブルの下に潜った。

(んっ、何をしているんだ?)

功太郎もテーブルクロスをあげて、テーブルのなかを覗いた。すると、逸見が這って、翔子の前に近づいている。

ハッとして見ると、翔子が足を大きくひろげていた。

翔子は太腿までのストッキングを穿いているが、パンティは脱いでいるから、会長にはオマ×コが丸見えのはずだ。

(ああ、そうか……さっき会長は足を開いて、あそこを見せるように言ったんだな)

逸見がさらに近づいてきて、翔子の足の間に顔を埋めた。きっと、クンニをしているのだろう。

「んっ……んっ……!」

翔子はびくっ、びくっと身体を震わせながら、足を閉じた。すると、その足をつかんで開かせ、また逸見が股間を舐めはじめた。

功太郎はテーブルクロスをあげたまま、呆然として見入っていた。

すでに料理のコースは出尽くしているから、店の従業員は呼ばなければ来ないはずだ。それにしても……。

(何て会長だ……!)

怒りさえ込みあげてくる。

しかし、翔子は会長を拒まずに、我慢して、がくっ、がくっと震えている。うつむいて、口に手を当て、必死に喘ぎを押し殺しながらも、

「あっ……あっ……」

と、時々顔をのけぞらせる。

それを見ると、功太郎も昂奮してしまう。

(こういう自分って、何なんだろう?)

そう思うものの、股間のものがどんどん力を漲らせてくる。

大人びた香水の甘い香りを感じて見ると、いつの間にか高梨慶子が隣に立っていた。

「椅子をこちらに向けてくださいな……平気よ。店の人は来ないから」

艶めかしく微笑みながら、ズボンの股間をいじってくる。前屈みになると、ドレスの胸元がひろがって、丸々とした双乳が今にもこぼれそうだった。

「わたしも、ここがもう限界なの」

功太郎の手をつかんで、ドレスの奥に導いた。オープンクロッチパンティの開口部はぐっしょりと濡れていて、ビーッ、ビーッという強い振動が指先に伝わってくる。

功太郎も何が何だかわからなくなった。

椅子を外に向けて、座りなおすと、慶子がズボンとブリーフを膝までおろしてくれた。恥ずかしかった。イチモツはすでにそそりたっていた。

「あらあら……お元気なのね。ぁああ、硬いわ……」

慶子がしゃがんで、いきりたちを指で握って、しごいてくる。

「お、あっ……」

呻きながら、ちらりと翔子のほうを見た。

翔子は「くっ、くっ」と喘ぎを手の甲で押し殺しながら、顎をあげている。

「奥様、かわいいわね。奥様、わたしと同じだと思うわよ。わかるの。マゾっけが強いのよ。会長、マゾの女の人には強いのよ。きっと女は迫力に押されて、従わざるを得なくなるんでしょうね。そうなると、女は逆に気持ちいいのよ。ただ、ゆだねればいいから……わたしがそうだから」

功太郎を見あげて微笑み、慶子は肉棹を舐めあげてきた。

裏筋にツーッ、ツーッと舌を走らせ、亀頭冠の真裏をちろちろ舐めてくる。

黒髪をかきあげて、じっと見あげながらも、舌を走らせる。

（ああ、きれいだ。それに、目がさっきまでとは違う！）

アーモンド形の目が何かに酔ったように焦点を失いかけ、そのとろんとした目がセクシーだった。

慶子が上から頬張ってきた。

「うん、うん、うん……」

と激しく顔を打ち振り、ジュルルッと唾液とともに勃起を啜りあげる。

この凜とした美貌の持主が、まさかと思うほどの下品な音を立てて、イチモツをしゃぶってくれる。

（おおぅ、たまらんな……このギャップがいやらしすぎる！）

慶子はいったん吐き出して、側面をフルートを吹くように頬張り、キスをし、舌をからみつかせる。

また上から、頬張ってくる。

気持ち良すぎた。ふっくらとした赤いルージュの引かれた唇が、肉棹の血管にまとわりつきながら、すべっていく。

ぐっと根元まで咥え込んで、もっとできるとばかりに陰毛に唇を押しつけてくる。ぐふっ、ぐふっと噎せながらも決して離さず、さらに喉奥へと招き入れようとする。

（すごい人だ。こんな美人にこんなフェラをされたら、どんな男もイチコロだ。献身的で、なおかつテクニックがある！）

もたらされる快感のなかで、ああ、そうだと思い出して、手にしているリモコンを操作する。

ボタンを押して、振動のリズムを変え、それから、ダイヤルをいっぱいにまわした。

すると、慶子の腰がもどかしそうに揺れはじめた。

「んんんっ……んんんっ……！」

下腹部にひろがる快感をぶつけるように、肉棹に唇をすべらせる。

功太郎は射精しかけ、奥歯を食いしばってこらえた。

ふと横を見ると、翔子はがくん、がくんと痙攣していた。腰を浅く椅子に座るようにして、自ら白いナプキンを口に押し当てて、必死に何かをこらえている。

（イクのか？　翔子、イクんじゃないか？）

目が離せなくなった。

下腹部の蕩けていくような快感のなかで、翔子の様子を食い入るように見る。

（ああ、翔子……お前はこんな傲慢なジイさん相手に、イッてしまうのか！　ダメだ。俺も出そうだ！）

もう少しで射精というところで、

「いや、いや、いや……来る。来ちゃう……ぁああ、功太郎さん、許して……わたし、イクぅ……！」

翔子がさしせまった声をあげた。

次の瞬間、大きくのけぞりながら躍りあがり、急にがっくりとなって、椅子に凭れて脱力した。

すぐに、逸見がテーブルの下から顔を出して、

「イキおった……」

満足げに言い、

「そろそろ、部屋に行くぞ」

ふらふらしながらも笑顔で立ちあがった。

4

白煙をあげる桜島を望める高層階の部屋で、功太郎はベッドに仰向けに寝ていた。

そそりたつものを、黒いスリップ姿の慶子がしゃぶってくれている。

シックスナインの形なので、慶子の尻がこちらを向き、赤いオープンクロッチパンティが充実した尻を縦に走り、その真ん中がぱっくりと開いており、女の媚肉が花開いていた。

慶子は功太郎ごときに一生懸命にご奉仕をして、いきりたちを丁寧に、情熱的にしゃぶってくれる。

そのことに、功太郎は深い感慨を覚える。

もう一方のベッドでは、全裸に剝いた翔子の肌を、逸見が慈しむように撫でまわし、至るところに接吻していた。

そして、翔子はそれをいやがらずに「あっ、あっ」と悩ましい声をあげて、びくん、びくんと身体を震わせている。

意外だった。もっといやがるかと思ったが、慶子が言っていたように、逸見にはマゾっけのある女を従順にさせる何かがあるのだろうか。

そんな姿を見ていて、功太郎も心身ともに昂っていた。

「どう、奥様が感じているのを見るのは？」

慶子が首をひねって訊いてきた。

「ああ、はい……嫉妬しています」

「ふふっ、ほんとうは感じているくせに。昂奮しているのは、おチ×チンの様子でわかるわ。奥様が感じはじめて、急にここが硬くなった。会長も同じなのよ。わたしがあなたのこれをかわいがると、すごく勇み立つのよ。殿方ってどうしようもないわね」

婉然と微笑んで、慶子がまた肉棹を頬張ってきた。

ギンとなった肉柱を赤いマニキュアされた指で握りしごきながら、先端に唇をかぶせて、

「ジュルル……ジュルルッ……」

と啜りあげる。きっとこの音を会長に聞かせたいのだろう。

功太郎も指を伸ばして、すでにぬるぬるしている女陰の扉をひろげ、なかの粘

膜を撫でさする。

「んんっ……んんっ……」

くぐもった声を洩らしながら、慶子はいきりたちを激しく頬張り、勢いよく唇をすべらせる。

肉厚のぽってりとしたいかにも具合の良さそうな花芯は、大量の蜜をこぼして、ぬらぬらと光っている。

功太郎がしたたっている蜜を肉芽になすりつけて、陰核を刺激すると、慶子は「んんんっ」と喉を詰まらせながらも、ますます献身的に唇をすべらせる。

隣のベッドで動きがあった。見ると、逸見がベッドに仁王立ちして、そのいきりたつものを翔子が頬張っていた。

太くはないが、長くて反りが大きい。

至るところに、太い血管が浮きあがっている。

七十三歳でこれなら、大したものだ。また、実際にこのくらい硬くないとアヌスは貫けないだろう。

何か言われて、翔子が姿勢を低くし、睾丸を舐めあげる。

（ああ、翔子……そんなことまでしなくていいんだ！）

だが、今の翔子にはいやがる様子はなく、むしろ、積極的に老いた睾丸を舌であやしている。

「翔子さん、気持ちいいぞ。いい子だな。あんたはいい子だ。慶子がいなかったら、愛人にしてやるのにな」

逸見が勝手なことを言う。

ムカついたが、きっとこれは会長の愛情表現なのだ。いずれにしろ、会長が自分の妻を高く評価してくれることはうれしい。

男には自分の連れ合いを、他の男に自慢したいという気持ちがあるのだろう。

翔子はさらに顔を上向け、股ぐらに舌を這わせる。

おそらく翔子にもこれが最後だという気があるのだろう。このスワッピングに成功したら、もう他の男を相手にしなくてもいいと約束したから、必死に力を振り絞っているのだ。

翔子がウエーブヘアを乱して老人の皺袋を舐める光景は、強くそそられるものがあった。

逸見が膣には興味がなくて、入れたいのは後ろの孔だということが、功太郎に安心感を与えていた。

つい先日、たっぷりとアナル拡張したあとで、初めてアナルセックスに成功していた。翔子は痛がったが、最後のほうは感じていた。

妻のアナルバージンは自分が奪ったのだという気持ちが、功太郎を少しは楽にしている。

翔子が淫水灼けした肉棹を舐めあげていく。

上から頰張った。

ゆったりと顔を打ち振り、吐き出して、また睾丸を舐める。その間も肉棹を握って、しごいている。

(ああ、そうか……この前、翔子は老人を嫌いではないと言っていたな。ファザコンだから、逸見に愛情を感じてしまうんだろうな)

翔子がまた頰張って、今度は激しく唇をすべらせる。

「いい感じだ。慶子と遜色ない。大したものだ……おおぅ、たまらんよ。翔子さんの尺八は……ちゃんと舌が使えている。吸い方も達者だ。おおぅ……」

逸見がのけぞって唸り、それを翔子は見あげて、うれしそうにしている。

それを聞いて嫉妬を覚えたのだろう、慶子が肉棹を吐きだして、後ろ向きにまたがってきた。

黒いスリップ姿で赤いオープンクロッチパンティが張りつく尻を突きだすようにして、いきりたちを迎え入れ、ゆっくりと沈み込んでくる。

屹立が熱く滾った女の沼にズブズブと埋まっていき、

「ぁあああぁ……いい！　あなたの硬いわ。カチンカチンよ……ぁああ、あああ、いいわ」

そう言って、腰を振る。おそらく、逸見に聞かせたいのだろう。

「ああ、気持ちいい……あなたのおチ×チンが奥を捏ねてくるのよ。ああ、ぁあ、止まらない。腰が止まらない」

慶子があからさまな声をあげて、腰をぐいぐいと後ろに突きだしてくる。

そのたびに、まくれあがったスリップからのぞく、むちむちの双臀が揺れ動いて、その間に、肉柱が嵌まり込んでいるのがわかる。

「慶子さんのあそこがぐいぐい締めつけてくる……行きますよ」

功太郎は尻をつかんで少し持ちあげ、そこにイチモツを突き刺していく。ぐいぐいと腰を撥ねあげると、蜜にまみれた肉柱が、小さな口を押し広げていき、

「あん……あん……あっ……ぁああ、すごいわ！」

上で揺れながら、慶子が訴えてくる。

それから、上体を前に折り曲げていく。何をするのかと見ていると、慶子は功太郎の向こう脛を舐めはじめた。

つるっ、つるっと舌が向こう脛を這う感触が、たまらなく気持ちいい。

それから、慶子はさらに前に上体を伸ばして、功太郎の足の甲から足指に舌を走らせる。

（ああ、こんなことまで……！）

功太郎はもたらされる悦びに酔いしれる。

スリップの裾がめくれて、むちむちした尻がこぼれでてしまっている。しかも、左右の尻たぶの間には、茶褐色のアヌスがうごめき、蜜まみれのイチモツが女の入口を押し広げているのがはっきりと見える。

ぬるっとした舌が足指に張りついた。親指から順繰りに舌を走らせ、舐め終わるとついには親指を頰張った。

決して清潔とは思えないずんぐりむっくりの親指を根元まで口におさめ、なかで舌をからませてくる。

その間も、腰が微妙に揺れて、功太郎のイチモツは快感に咽《むせ》ぶ。

（この人はすごい……！）

そう強く感じたとき、

「ぁあああ、恥ずかしい……」

翔子の声が聞こえた。ハッとして隣のベッドを見ると、翔子が四つん這いになって、突きだされた尻の間に逸見が顔を寄せて、ペロッ、ペロッとアヌスに舌を走らせていた。

「美味しいな……微妙にスパイスが効いていて、絶妙な味がする。たまらんな。若い女のケツの孔は」

逸見は猛禽類のような顔を真っ赤に染めて、薄笑いを浮かべながら、翔子のアヌスをねちっこく舐めている。

「少し開いてみるぞ。おおぅ、なかの襞々がぬるぬると光っておる。舐めるぞ」

「ぁあああ……ぁあああ、許してください」

「ふふっ、いいぞ、いいぞ。そうやって多少いやがられるほうが、こっちも昂る。そうら、吸ってやる。中身が出てきたら、どうする？」

逸見がアヌスに吸いついた。もちろん、事前にイチジク浣腸を施しているから、中身が出てくる心配はないのだが。

「いやぁあああああ……あっ、あんっ……」

最初は悲鳴をあげた翔子が、がくん、がくんと尻を震わせた。

感じているのだ。

そう思った途端に、功太郎のイチモツはぐんと硬さを増して、それを慶子の膣がぎゅっと締めつけてきた。

隣のベッドの出来事に刺激を受けたのか、慶子は上体を立てて、時計まわりに少しずつまわりながら、いったん横を向き、さらにまわって、正面を向いた。

向かい合う形で微笑み、着ていた黒スリップの裾をつかんで引きあげ、頭から抜き取った。

たわわな乳房がぶるんとこぼれでた。乳首がツンと尖った釣鐘形の乳房で、しかも、下のふくらみも充実していて、下から見るといっそうたわわに見える。

慶子は膝を立てると、少し前傾して手を胸板に突き、ゆっくりと腰を振りはじめた。

M字開脚された太腿の奥、黒々とした翳りの底に、功太郎のイチモツが深々と嵌まり込んでいて、それが出入りする。

「ぁああ、ああ……硬いわ。カチンカチンが捏ねてくるのよ。ぁああ、奥が、奥がいいの」

慶子は波打つ髪を乱して、顔を上げたり下げたりしながら、腰を徐々に速く振る。

翔子のことが気になるので、功太郎は顔を横に向けた。

隣のベッドでは、逸見がローションを翔子のアヌスに塗り込んでいた。

「かわいいアヌスだ。可憐で初々しく、恐怖で震えておるわ。どうだ、ダンナのチ×コを呑み込んだか?」

逸見に訊かれて、

「……いえ、まだです。主人に、アナルバージンは逸見様のために取っておこうと言われまして」

翔子が打合わせ通りに答える。

「おおぅ、そうか! あんたら、いい夫婦じゃないか……どうだ、慶子。倉石さんのチ×コは?」

逸見がいきなり、こっちを向いた。

「素晴らしいわ、カチンカチンで……奥を突かれるとすごくいいのよ」

慶子が正直に答える。

「そうか、そうか……愉しみなさいよ。お前には、いつもアナルセックスしかしないから、前が寂しいだろうよ。今のうちに味わっておきなさい」

「はい、会長のおっしゃるとおりに。ぁああ、ぁあああ、気持ちいい……グリグリしてるの。気持ちいい、オマ×コ、気持ちいい……ぁああ、止まらない！」

慶子はM字開脚して、ぐいぐいと腰を前後に振り、さらには、まわしはじめた。大きくグラインドさせて、「気持ちいい、気持ちいい」と口走る。

かつてのミスコン優勝者が、女の欲望をあからさまに解き放っている。

たまらなくなって、功太郎はその快感を味わう。しばらくして、

「ぁああ、いや……いや、いや……あうぅぅ」

翔子の声がする。

ハッとして見ると、慶子が四つん這いのままのけぞっていた。どうやら、逸見がアヌスに指を挿入したようだ。

功太郎の勃起を受け入れたのだから、指くらいなら平気のはずだが、やはり、他人にされると違うのだろう。

翔子はつらそうに唇を噛み、顔をのけぞらせて、眉を八の字に折っている。

「なかの粘膜がふくらんで、指にからみついてくるぞ。たまらんな、この内臓の触感が……そうらこの角度が気持ちいいんだぞ。これでどうだ？」

逸見がにやにやしながら、指の挿入角度を変えて、ゆっくりと抜き差しをはじめた。すると、翔子の表情が変わった。

「ぁあああ……ぁあああ……気持ちいいです。これ……ぁあああうぅ」

そう喘いで、ぶるぶると震えはじめた。

「腹の底が抜け落ちていくようだろ？　どうだね？」

「はい……お腹が……力が入らない。ぁああ、ぁああああ、もっと、もっとしてください！」

翔子がまさかのことを口走った。

驚いた。功太郎がアナルマッサージをしても、こうはならなかった。

「ふふっ、いやらしいケツ汁があふれてきたぞ。こうなると、簡単に入る。私のチ×コが欲しいだろ？」

「……怖いんです」

「怖くはないさ。それに、出してもいいんだぞ。みんなの前で、あれを干りだしてもいいんだぞ」

「い、いや……それは、絶対にいやです」

「ふふっ……」

逸見は嗜虐的に笑い、指を引き抜き、真後ろについた。

慶子が動きを止めて、隣のベッドを見た。

功太郎も凝視する。

みんなの視線が集まるステージで、逸見はいきりたつものを尻の間に押しつけた。イチモツはとても七十三歳とは思えない角度でそそりたっていた。

「もう少し、腰を落として……そうだ。ケツだけ上向かせるように……そうだ。上手いぞ。それでいい……」

上手く入らないのか、逸見はもう一度、勃起とアヌスにローションを塗り込める。翔子の尻も勃起もローションで妖しくぬめ光っていた。

逸見が位置をさぐるようにして、切っ先を押し込んでいく。

何度か失敗した後に、逸見の下腹部と翔子の尻が重なり合った。挿入できたのだろう。

「あっ……くっ……くうぅぅぅ！」

翔子がつらそうな声で呻いた。

「そうら、入ったぞ。おおぅ、さすがアナルバージンは違うな。すごい締めつけだ。入口が抗っておる。なかが怯えながら波打っているぞ」

逸見が満足気に言って、こちらを見た。

「倉石くん、奥さんのアナルバージンをもらったぞ。契約をしてやるからな。わかったな？」

「はい……ありがとうございます」

「ダンナの仕事のために、奥さんが我が身を投げ出す……これぞ、日本の夫婦の見本じゃよ。くうぅ、たまらん……入口がぎゅん、ぎゅん締めつけてくる。おぅ、たまらん」

逸見が腰を振りはじめた。

翔子のつるつるの尻をつかみ寄せ、右足を一歩前に踏み出して、慎重に腰を送り込む。

じっくりと感触を愉しむようなストロークだ。

「ぁああ、くっ……つらい……つらいです！」

翔子が顔をゆがめて、訴える。

「今によくなる。そうら、これでどうだ？」

逸見が手をまわし込んで、乳房をつかんだ。翔子のたわわなふくらみを揉みしだき、頂上を指で捏ねる。

「いやらしいな、女の身体は。ケツを犯されているのに、こんなに乳首をしこらせて……気持ちいいだろ？」

逸見が指で乳首をつまんで、くりくりと捏ねはじめた。翔子は乳首が強い性感帯である。

「ぁあああ、ああ……あっ……あっ……」

翔子ががくん、がくんと裸身を震わせる。

（ああ、感じたな……！）

そう思った途端に、功太郎のイチモツはまた力を漲らせる。この何回かのスワッピングでわかったことは、翔子が感じるとそれと同調するように、功太郎も昂奮するということだ。

「すごいな。乳首を捏ねると、アヌスがヒクヒクと締まってくる。翔子さんはとても敏感だ。女としての性能がいい。ダンナもいい嫁をもらったな。翔子さんは調教すればするほどに開発されていく。自分でもそう思うだろう？」

「……わかりません」

「ふふっ、ほんとうは自分でもわかっているはずだ。翔子さんのような女は一人占めさせておくのはもったいない。他の男にも分け与えないとな。おおぅ、締まってくる……ケツが締まってくる。くおおぅ！」

逸見の腰づかいが徐々に速くなっていく。

そして、翔子も両手でシーツを引っ掻きながら、尻だけを高く持ちあげる姿勢で、

「んっ……んっ……んっ……」

くぐもった声を洩らす。

こうなると、功太郎も俄然、慶子を突きまくりたくなった。

上に乗っていた慶子を降ろして、仰向けに寝かせた。むっちりとした太腿をすくいあげて、屹立を突き刺した。

膝の裏をつかんで持ちあげながら、ずりゅっ、ずりゅっと打ち込んでいく。

「あっ……あっ……ぁああ、いいの……カチンカチンがわたしを犯しているのよ。ぁああ、奥まで届いてる……あん、あん、あんっ……！」

慶子は甲高い声を放ち、両手を頭上にあげて、右手で左手首を握った。

すでに一糸まとわぬ姿で、たわわな乳房をぶらん、ぶらんと縦揺れさせながら、高まっていく。

腰を打ち据えながら隣を見ると、逸見は真っ赤な顔をして、激しく腰をつかい、

翔子は尻だけを高々と持ちあげて、

「あっ……あっ……あっ……」

快感とも苦しみともつかぬ声を洩らして、顔を横に向けている。

その顔は今にも泣きださんばかりで、それを見ていると、可哀相だという気持ちと高揚感が同時に込みあげてくる。

「おおぅ、翔子さん、気持ちいいだろ？　どうだ、気持ちいいだろ？」

逸見がさらに腰を強く打ち据えた。

「あん、あんっ……はい、気持ちいぃ……ぁああ、ぁああ！」

「そうら、出してやる。あんたのケツのなかに、出してやる。おおおっ！」

逸見は赤鬼のような形相で、翔子の尻を引きあげながら、強いストロークを打ち込んでいる。

それを見て、功太郎も一気に高まった。

「くうぅ……慶子さん、出そうだ」

「いいわよ。でも、外に出してね」

「わかっています。そうら」

功太郎は両膝の裏をつかんで押しつけながら、ぐいぐいとえぐり込んでいく。

まったりとした粘膜が波打ちながら、からみついてきて、イチモツが奥へ奥へと吸い込まれていくようだ。

「ぁああ、あんっ、あんっ、あんっ……倉石さん、イッちゃう！　わたし、イキそう！」

「いいぞ。イッていいですよ」

打ち込みのピッチをあげると、隣のベッドからも、

「んっ……んんんっ……ぁあああ、気持ちいい。ください。会長、ください……来て！」

翔子が後ろから突かれながら、逼迫《ひっぱく》した声を放った。

「おおぅ、たまらん……出すぞ。出す……おおぅ！」

逸見が尻をつかみ寄せながら、猛烈に腰を叩きつけた。その直後、

「おっ……あっ……」

逸見は片足を踏み出し姿勢で痙攣する。射精しているのだ。

翔子も気を遣ったのだろうか、がくんがくんと震えている。

それを見て、功太郎もフィニッシュに向かう。

膝の裏をぎゅっとつかみ、残っている力を振り絞ってスパートした。ぐいぐい

とえぐり込んでいくと、

「イク、イク、イッちゃう……ぁあ、来る……いやぁあああぁぁ！」

慶子がのけぞりながら昇りつめていく。

駄目押しとばかりにもうひと突きしたとき、放ちそうになって、功太郎はあわてて結合を外した。ほぼ同時に白濁液が飛び散って、慶子の肌を白く穢していく。

放ち終えて、隣を見ると、翔子がベッドを降りて、バスルームに向かうところだった。

功太郎もその後を追った。

バスルームで、翔子が抱きついてきた。

「頑張ったな、うん、頑張った。尻は大丈夫だったか？」

髪を撫でながら訊くと、翔子はこくんとうなずいて、またしがみついてきた。

功太郎はその汗ばんだ身体を慈しむように抱きしめ、それから、逸見の残したものを、シャワーを使ってきれいに洗い流した。

第六章　密やかな儀式

1

翔子のお蔭でスワッピングも上手くいき、逸見会長との契約も無事に取り交わした。

これでもう障害はない。

あとは時間をかけて、丁寧に積みあげていけばよかった。これからも多少の問題はあるだろうが、緑茶ブランド化プロジェクトはどうにか無事に着地できるはずだ。

その日は、翔子の三十四回目の誕生日だった。

功太郎は翔子が欲しがっていたバッグを購入し、誕生日ケーキを買って、早めに帰宅した。

明日にはまた鹿児島に飛ばなければいけないが、今夜はゆっくりできる。

「誕生日おめでとう。それと、これは翔子のこれまでの頑張りへの感謝の意味を込めてのプレゼントだ。前からこれが欲しいと言っていただろ」

と、ブランドもののバッグを贈ると、翔子はひどく喜んでくれた。

それから、ケーキのローソクに火をつけ『ハッピーバースデー』を歌い、翔子に炎を吹き消してもらった。

ホールケーキを取り分けていると、君塚からテレビ通話がかかってきた。

スマホの画面には、君塚と恋人の清香が仲良く顔を寄せている姿が映っており、

『翔子さん、お誕生日おめでとございます』

小さな画面のなかで、君塚がメッセージを送り、

「ありがとう。君塚さんもガールフレンドができて、よかったわね」

翔子が画面を見ながら応対し、画面のなかの清香が、

『お誕生日、おめでとうございます』

翔子にメッセージを送ってくる。

功太郎がオタスケマンをしてから、二人のセックスは少しずつ進んでいってい
るようで、今は挿入しても苦痛を感じないということだ。
先日は、二人を家に招いて、食事をした。翔子は清香のことを気に入っている
ようだった。
『今日はうかがうことができなくて、申し訳ありませんでした』
清香が相変わらず清楚な姿で言い、
「いいのよ。今度また家に遊びに来てね」
翔子が明るく答える。
その様子を見ながら、功太郎はあることを思いついたが、ここでは言わないで、
電話を切った。
二人はシャンパンを開け、ケーキを食べた。
その間も、功太郎は「きみのお蔭で仕事が順調に進んでいる。ありがとう」と
感謝の意を示しつづけた。
誕生祝いをかねた夕食を終えて、二人は風呂に入り、早めにベッドに向かった。
翔子を速く抱きたかったからだ。
寝室で、翔子は赤いシースルーのビスチェを着ていた。

翔子はスワッピングをやめる代わりに、単独で功太郎をその気にさせる。勃たせてみせると言った。それを実行するために、このエロチックな格好をしたのだろう。

ショートスリップに似たビスチェの全体が透ける素材でできていて、乳房のふくらみも頂上の突起も布地から薄く透けでていた。短い裾の下には、黒と赤の模様のオープンクロッチパンティを穿いていて、よく見ると黒い翳りも透けて見える。

しかも、翔子は赤いハイヒールを履いていた。

流れるようなウエーブヘアを肩に散らし、たわわな乳房で透け感のある生地が球形に持ちあがり、その先端からはポツンとした突起が二つ飛びだしていた。

功太郎はあらかじめ考えておいたことを実行する。

「翔子、きれいだ。写真を撮っていいか？」

「恥ずかしいわ……」

「大丈夫だ。絶対に外には出さないように厳重管理するから。きれいなきみを画像として残しておきたいんだ」

「……わかったわ。どうしたらいい？」

「そうだな。まずは、ベッドに座って足を組んで」

「こう？」

「いいよ。それでいい。きれいだよ」

功太郎はスマホをカメラ機能にして、画像を見ながらシャッターボタンを押す。デジタルはすぐにその写真を見られるから、手っ取り早い。見て、確かめながら撮影できる。

翔子と、もう他の男は参加させないと約束した。そのために、翔子が全力を尽くしてくれるとも。

功太郎も考えた。どうしたら、自分が昂奮できるのかと。

そのうちのひとつは、撮影だった。

カメラはその背後に、他人の視線を背負っている。撮ったものを誰かに見せれば、そこで他人が加わる。つまり、二人での行為ではあるが、それは他人と繋がる可能性を秘めている。

「少しずつ、足をひろげていってごらん」

「いや、恥ずかしいわ」

「大丈夫だよ。他の人には見せないから。いいかい、これは写真を撮る者と撮られる者の関係なんだ。俺は写真で、翔子を犯す。翔子は犯される……俺は今、鹿児島出張が多いだろ？　出張中に、翔子のこの写真を見て、自分でもしたいんだ。翔子のいやらしい写真を見ながら、オナニーしたいんだ。そうさせてほしい……足をもっとぎりぎりまで開いてくれないか？　おお、そうだ。いやらしいよ。エッチだよ。ああ、翔子……きみは自慢の奥さんだ」

功太郎はスマホを掲げて、画像と実物を交互に見ながら、シャッターボタンを押す。カシャー、カシャーとシャッターが切れて、画像が定着していく。

シャッター音が響くたびに、翔子はびくっ、びくっとしていたが、徐々に慣れてきたのか、しどけないポーズを自然に取るようになった。

最初はいやがっていても、女という生き物は次第に自分が被写体になることに本能のようなものをくすぐられ、満足していくのだろう。

翔子だってそうなのだ。

今も、シャッター音を聞きながら、言われるままに足をひろげていく。さすがに顔を撮られるのは流出したとき、マズいと感じるのか、片方の手の指を開いて顔を隠している。

それでも、赤いハイヒールで持ちあがった足はすでに鈍角までひろがり、M字開脚したすらりと長い足の中心に、オープンクロッチパンティが張りつき、その開口部に細長い翳りがのぞいている。

しかし、片方の手でそこを隠しているので、肝心なところがよく見えない。

「翔子、手を外して」

翔子はいやいやをするように首を振った。

「頼むよ。俺を信頼してくれ。絶対に流出させないから。オナニーするときに、翔子のあそこを見てしたいんだよ」

必死に説くと、翔子はおずおずと手を外して、両手を後ろにあるベッドに突いた。あらわになった太腿の奥に、翳りと少し突きだした二枚貝が見えて、功太郎はたちまち昂る。

もう何度となく目にしているのに、こうやって写真を撮っていると、その見えるか見えないかの微妙なところにかきたてられてしまう。

「アップにするよ」

功太郎は近づき、さらに、指で画面をひろげてクローズアップする。

すると、下半身の開脚された太腿と、その奥の繊毛、さらに、突きだしている陰唇やうっすらと口をひろげた女の谷間が大きく映しだされて、昂奮しながらシャッターを切る。

撮った画像を見せると、翔子は「いや」と顔を覆って、激しく頭を振った。

「大丈夫。顔が映っていないから、誰のものかはわからない。舐めるよ」

功太郎はいったんスマホを置いて、しゃがんで、翳りの底に舌を走らせる。

ぬるっ、ぬるっと舐めあげると、舌が陰唇や粘膜にまとわりついて、

「あっ……あんっ……！」

翔子ががくん、がくんと震える。

功太郎はふたたびスマホを持ち、今度はビデオ機能を作動させる。

「ビデオで撮るからな」

そう言って、自分がクンニをしているところに右手で持ったスマホのレンズを向ける。どの程度撮れているのかは、見なくてはわからない。

だが、翔子としてはその行為自体を恥ずかしいと感じるのだろう、

「ぁああ、いやいや……絶対に流出させたりしないでね」

不安げに訴えてくる。

「もちろん。保証するよ。それに、きみの顔は出ていないから、大丈夫だ」

そう言って、また舐める。

今の二人のやりとりもすべてビデオに録画されているはずだ。

ぷっくりとふくらんで割れた陰唇の狭間を丁寧に舐めているうちに、赤いハイヒールで持ちあげられて、M字開脚したすらりとした足がぶるぶると震え、

「んっ……んっ……ぁあああ、ダメっ……もう、ダメっ……」

翔子が訴えてくる。

だが、功太郎は感じ取っていた。いつもより、濡れが早く、量も多い。やはり、翔子も撮られていると感じると、女性としての本能のようなものが、子宮からうねりあがってくるのだろう。

スワッピングで高まっていたのも、翔子が見られることの悦びを身体の底に秘めているからではないだろうか？

女はみんな女優だと言う。女は男と違って、毎日のように鏡を見て、化粧をする。

他人に見られることで、女性は美しくなる。

翔子が最近どんどんきれいになっているのは、もしかしたら、スワッピングによって、見られることの意識が強くなったせいかもしれない。

功太郎はビデオ機能を働かせたまま、スマホをこのシーンが撮れる位置に立て

た。それから、翔子の膝をすくいあげる。

オープンクロッチパンティからのぞいている女の花芯を丹念に攻めた。

翔子の花びらは以前よりふっくらとして、妖しいほどにぬめ光り、その内側も薄いピンク色にてり輝いていた。

(すごい……ここも成長している!)

これだけの女体を一人占めすることを、もったいない、とさえ感じてしまう。

功太郎は気持ちを込めて、狭間に舌を走らせ、さらには、クリトリスを刺激してやる。

翔子は陰核を吸われると感じる。翔子だけではなく他の女性もクリトリスを吸引されると感じるようだ。

断続的に吸うと、翔子の様子が変わった。

「ぁああ……あああ……功太郎さん、気持ちいいの……おかしくなる。わたし、おかしくなる……ぁあああ、イキそう。もう、イキそう……」

「いいんだぞ。イッて……」

功太郎はまたスマホをつかんで、レンズを向けた。イキ顔が撮りたくて、画面を二本の指でピンチアウトすると、ズームされて、翔子の顔が大きくなった。

カメラを向けられていることがわかったのだろう、

「いや、撮らないで！」

翔子が顔をそむけた。

「撮らせてほしい。翔子が気を遣るところを、動画で撮りたいんだ。これを見ながら、鹿児島でオナニーしたいんだ。頼む、撮らせてくれ」

懇願すると、翔子がおずおずと顔をこちらに向けた。

「あとで、絶対に消してくださいね」

「もちろん。約束する」

そう言って、功太郎はスマホを向け、クリトリスを攻める。いったん舌で転がし、明らかにさっきより肥大している肉真珠を頬張るようにして吸引した。

チュッ、チュー。チュ、チュー。チュチュー……。

リズミカルに吸うと、翔子の身体が痙攣をはじめた。

「ぁあああ……ああああ、いいの……いい……」

腰を微妙に動かして、こうすればもっと感じるといった具合に恥丘を擦りつけたり、腰を横揺れさせたりする。

今、翔子はビデオ撮影されている。だからなのか、それなのにと言うべきか、翔子は確実に高まっていく。

「ぁああ、あああああ……いや、いや……撮らないで……ぁあああ、恥ずかしい……恥ずかしい……ぁああ、あああああ、イッちゃう……イッちゃう！」

功太郎は肉芽を頬張りながら、くぐもった声で「イッていいぞ」と言う。はっきりと言葉にはなっていないが、意味合いは伝わっているはずだ。

気持ちを込めて、吸った。ときには舌で転がし、弾き、最後にチューッと強く吸い込んだとき、

「やぁああああぁぁぁぁぁ……くっ！」

翔子が歓喜の声を放ち、のけぞり返った。

イッているのだ。

翔子はスマホで撮られていることを認識しながらも、絶頂に駆けあがっていく。

2

いったんベッドを離れて、トイレに行くからと、部屋を出た。

二階にもあるトイレで、功太郎は君塚に電話をかけて、もう少ししたら、この

スマホにビデオ通話してもらえるように依頼した。

その際、翔子とのセックスシーンを見せるが、翔子には秘密にしておきたいから、いっさい喋らなくていいと言った。

「わかりました。でしたら、こっちもその時間に清香とセックスするようにします。そうしたら、そちらにもその映像が流れるでしょ?」

さすがに、君塚は物分かりがいい。

「ああ、そうしてくれ。頼むぞ」

功太郎は電話を切った。

翔子を騙す形になるのが、気が引ける。しかし、その映像が残るわけではないだろうし、これはあくまでも自分が昂奮するためだ。しかも、君塚はすでに妻と肉体関係があるのだから、こちらの様子を見られても問題ない。

部屋に戻ると、翔子は窓のほうを向いて、横臥していた。

功太郎は後ろから張りつくようにして、乳房を揉み、尻をさすった。

それから、ベッドに仁王立ちする。

すると、翔子は何をすべきか理解したのだろう。前にしゃがみ指をからませてきた。

積極的に肉茎を舐め、頬張って、大きくさせる。他の男を参加させない代わりに、自分で何とかすると宣言しているから、しゃぶり方も情熱的で丁寧だ。

徐々に大きくなった肉棹を舐めながら、皺袋をやわやわとあやし、袋まで舐めてくれる。それから、丹念に本体を頬張りながら、根元をつかんでしごいてくる。

いったん吐き出して、

「ぁああ……」

と、髪をかきあげて、艶めかしく見あげ、その間も肉棹を握りしごく。

(何ていい女だ……!)

あらためて、自分が翔子に惚れていることを思い知らされる。

今回の仕事が上手くいっているのも、翔子のお蔭だ。翔子には頭があがらない。

だから、翔子をいつも思い切り抱いてやりたい。ギンギンのもので、突きまくって、あんあん喘がせたい。悦んでほしい。気が遠くなるほどに気を遣ってほしい。

そのためには自分が昂奮して、勃起しなくてはいけない。

(だから……これからすることを許してくれ)

翔子は肉棹をしごきながら、余った部分に唇をかぶせて、スライドさせる。

柔らかな唇や舌がいいところに当たっていて、ぐんぐん快感が高まる。

（よし、今だ……！）

「ありがとう。這ってくれないか？」

翔子をベッドに四つん這いにさせて、垂れさがっていた赤いビスチェの裾をめくりあげた。

ぷりっとした肉感的な尻があらわになり、セピア色のアヌスがのぞいた。

（ここを逸見に犯されたんだな……）

そのシーンを思い出すと、イチモツがビキッといきりたった。

あれから、アヌスを舐めたり指でいじったりはするが、翔子が可哀相でアナルセックスはしていない。

ぐっと姿勢を低くして、窄まりを舐めた。

唾液を塗りつけるようにして舌を這わせると、

「あっ……あっ……」

翔子がびくっ、びくっとする。幾重もの皺を集めたアヌスもうごめいている。

そこをさらに舐めていると、

「ぁああ、あああ……欲しい。あなたのおチ×チンが欲しいんです」

翔子はもどかしそうに腰を揺すった。

功太郎は真後ろに膝を突く。アナルセックスも考えたが、今後に取っておくことにした。

いきりたちを恥肉に添えて、慎重に押し込んでいく。おびただしい蜜にまみれた膣の入口が侵入者にからみついてきて、ぐっと腰を入れると、それがめり込んでいき、

「ぁあうぅ……！」

翔子が背中を反らして、シーツを握りしめた。

「おおぅ、くっ……！」

功太郎も奥歯を食いしばった。

温かい粘膜がざわざわと波打って、屹立を内へ内へと吸い込もうとする。やはり、翔子のオマ×コがいちばんだ。

腰をつかみ寄せて、ゆったりと突いていると、スマホに電話がかかってきた。

君塚からだ。

「出るよ」

そう断って、スマホをつかんだ。

やはり君塚からのビデオ通話で、画面には一瞬、君塚の顔が映り、それから、

清香の画像が出てきた。

「あん、あん」と清香が喘ぐ声が聞こえて、あわてて消音設定にした。

清香があの清楚な顔をゆがませている。下になって仰向いている清香を、君塚が上になって打ち込んでいる。

（そうか、ここまでできるようになったか。よかったな……）

画面に結合部分が映しだされ、また、清香の表情へと戻る。

それを見ながら、功太郎は後ろから打ち込んでいく。

「電話はいいんですか？」

翔子が訊いてきた。

「ああ、間違い電話だから、もう切ったよ。翔子、ハメ撮りをしてみたいんだ。俺は昂奮すると思うから、いいか？」

「……絶対に他の人には見せないでくださいね」

「わかっている。行くぞ」

功太郎はスマホのレンズを翔子に向けながら、腰をつかう。

片手で腰を引き寄せながら打ち込んでいくと、

「んっ……んっ……」

撮影されていることを意識してか、翔子は喘ぎ声を押し殺していた。それでも、徐々に強く打ち据えると、我慢が限界を超えたのか、

「あんっ、あんっ、あんっ……」

と、甲高い声を放った。

「気持ちいいんだね？」

翔子は答えない。

「大丈夫。すぐに消すから。今この瞬間を愉しめばいい。俺は最愛の女を撮影して昂奮する。翔子も素直になってくれ、大丈夫だから」

そう言って、功太郎は強いストロークを叩き込んだ。

今、この映像はそのままビデオ通話で、君塚のスマホに届いているはずだ。君塚もその映像を見ながら、清香を突いていることだろう。

功太郎も君塚も、今画像に映っている女性を実際に抱いた経験があるから、いっそう昂奮するのだ。

翔子を騙しているようで、罪悪感はある。しかし、これも自分があそこをギンギンにするためだから、許してほしい。

レンズを翔子に向けて、ハメ撮りする振りをしながら、その映像を送り、なお

かつ、目の前のスマホには清香が愛らしく身悶えをする姿がはっきりと映っている。

功太郎はそれを見て気持ちが昂り、また、翔子の痴態が相手に送られていることで、さらに高まる。

緩急をつけて突くと、ギンギンになった屹立が翔子のとろとろに蕩けた膣を擦っていき、

「あんっ、あんっ、ぁああああんっ……」

翔子が生々しく喘いだ。

「感じているんだな？　翔子、感じているんだな？」

「はい……気持ちいい。あなたのおチ×チンが奥に届いてる……いやっ、恥ずかしい！」

ビデオ撮影と信じ込んでいる翔子が、羞恥に身をよじった。

「いいんだぞ、それで……もっと感じていいんだぞ。いい声を聞かせてくれ」

「ぁあああ……ああ、そこ……当たってる。いいところに当たっているの。気持ちいい……恥ずかしいけど、気持ちいい……ぁあああ、ぁあうぅぅ」

翔子がシーツをつかんで、顔をのけぞらせた。

「ああ、翔子、昂奮するよ。昂奮する」

功太郎は思い切り、突く。

快感がふくらんできて、射精したくなった。そうなると、スマホをかまえていることがジャマになった。

画像が見えないようにスマホを横に置いて立て、翔子の様子が映るようにセットする。

「こうしておけば、翔子が気を遣るところがばっちり撮れるから」

そう言って、くびれた腰をつかみ寄せ、強いストロークを叩き込んだ。

ちらりと横を見ると、スマホの画面には、君塚が清香をバックで貫いている映像が無音で流れている。こちらの映像も君塚のスマホに送られているはずだ。

もっと深く挿入したくなって、右足を前に出し、斜め上から打ち据えていくと、

「あん、あんっ、あんっ……気持ちいい……すごい！　突き刺さってくる。奥まで、突き刺さってくるの」

「そうだろ？　スワッピングをして、お前の身体はどんどん開発されてきた。そうだな？」

「わかりません。でも、前より感じます、すごく。自分がコントロールできなく

なりそうで、怖いの」

「それでいいんだ。ビデオを撮られていても、翔子は感じる。撮られているほうが、普通にするより、もっと感じるだろ？」

「……はい」

「いいぞ。大好きだぞ、翔子を好きすぎて困る」

「うれしい……功太郎さんのためなら、何でもする。してあげたいの」

「ぁああ、翔子……お前以上の女はいない。ずっと一緒だ。ずっと、俺の女だ。いいな？」

「はい……はい……ぁああ、気持ちいい」

「ああ、翔子、行くぞ」

功太郎は見えてきた絶頂に向かって、駆けあがっていく。

尻をつかみ寄せて、ぐいぐいとえぐると、

「ぁああ、あああぁ、イクぅ……！」

翔子はエクスタシーに達しながら、がくがくっと前に突っ伏していった。功太郎はまだ射精していない。

それを追って、腹這いになった翔子の持ちあがった尻の底に、屹立を叩き込んだ。ぶわわんとした豊かな尻のたわみが気持ちいい。

一度気を遣った膣のなかは、脱力していっそう柔らかくなって、うねうねとからみついてくる。

功太郎は腕立て伏せの形で尻の間をえぐりながら、頂上に向かってダッシュした。

「あんっ、あんっ、あんっ……ぁああ、恥ずかしい！　また、またイクんだわ」

翔子が尻だけを高く持ちあげて、深いストロークをせがんでくる。

「俺も出すぞ」

深くえぐり立てると、熱い塊がふくれあがった。さらに打ち込んだとき、

「あっ、あっ……ぁあああああ、またイク……イク、イク、イキます……いやぁあああああぁぁぁぁぁ、くっ！」

翔子が躍りあがり、功太郎もほぼ同時に放っていた。

功太郎は通話を切って、ごろんとベッドに横になる。

すると、翔子がすり寄ってきたので、右腕を伸ばして、腕枕していた。

「よかったわ。功太郎さんがちゃんと出せて……」

「ああ、ハメ撮りしたら、すごく昂奮したよ」

「……功太郎さんがそうなるなら、わたし、撮影は大丈夫ですよ。映像が流出するのは怖いけど」

「どうだ、今度、君塚と清香さんのカップルと実演しながら、お互いに見せ合いっこしないか？　もちろん、実際に逢うんじゃなくて、リモートでだけど」

「……いやよ、そんなの……」

翔子はそう言うものの、君塚の名前を出したとき、気持ちが動くのがわかった。自分が童貞を奪った相手は当然ながら気になるだろう。

「ビデオ通話しながらだったら、いいんじゃないか？　翔子は、君塚のことを嫌いではないだろ？　それに、清香さんのことも」

「でも……清香さん、きれいだし、かわいいから、あなたに妙な気持ちになられたら困るもの」

「それはないよ。彼女はタイプじゃない。俺には翔子だけだ。別に現実でやるわけではないし……君塚なら俺も気心が知れているからね」

「でも、清香さんが何て言うかしら？」

「じゃあ、清香さんがＯＫなら、いいんだな？」

「……でも、きっと清香さんはＯＫしないと思うけど」

そう言って、翔子が功太郎の胸板をさすりはじめた。

翔子は知らないのだ。すでに今夜、リモートでこちらのセックスを君塚が見ていることも、清香の悩ましい表情を功太郎が見ていることも。

「翔子、好きだよ」

乱れた髪を撫でた。

すると、翔子は顔をあげてにこっとし、それから、胸板にちゅっ、ちゅっとキスをし、下腹部に手を伸ばした。

＊この作品は、書き下ろしです。また、文中に登場する団体、個人、行為などは実在のものとはいっさい関係ありません。

二見文庫

ネトラレ妻《づま》 夫《おっと》の前《まえ》で

著者 霧《きり》原《はら》一《かず》輝《き》

発行所 株式会社 二見書房
東京都千代田区神田三崎町2-18-11
電話 03(3515)2311 [営業]
03(3515)2313 [編集]
振替 00170-4-2639

印刷 株式会社 堀内印刷所
製本 株式会社 村上製本所

落丁·乱丁本はお取り替えいたします。
定価は、カバーに表示してあります。

ISBN978-4-576-20148-1
https://www.futami.co.jp/